Holger Böwing

Jakob Leising

Böwing, Holger:
Jakob Leising
Roman

Herausgegeben von Wolfgang Gabler

1. Auflage, 2009
edition m, Weimar & Rostock
Druck: Altstadt Druck GmbH, Rostock (Meckl.)

ISBN 978-3-933713-33-9

Holger Böwing

Jakob Leising

Herausgegeben von
Wolfgang Gabler

Mit einem Vorwort des Herausgebers

Geschichte eines Manuskripts

Vor der Lektüre der Geschichte vom erstaunlichen Jakob Leising sollte der Leser die Geschichte des Manuskripts dieser Geschichte kennen, denn die ist ebenso bemerkenswert wie ihr Held.

Der Autor Holger Böwing begann 1986, 28-jährig und Lehrer an der Hilfsschule eines sog. „Spezialkinderheims", mit der Niederschrift des Manuskripts.

Unter der merkwürdigen Bezeichnung „Spezialkinderheim" kann man sich eine mehr oder minder geschlossene Einrichtung der Jugendhilfe vorstellen, in der „schwererziehbare" Kinder und Jugendliche doch noch zu allseitig entwickelten sozialistischen Persönlichkeiten werden sollten.

Meine Bekanntschaft mit dem Autor hatte zwei Quellen. Zum einen musste Holger Böwing als Student der Sonderschulpädagogik – ein Studiengang, der an der Wilhelm-Pieck-Universität Rostock gerade etabliert worden war – bei mir ein bisschen DDR-Literaturgeschichte betreiben, zum anderen war er einer der führenden Darsteller der damaligen FDJ-Studentenbühne, deren Regisseur ich zehn Jahre lang war. Zu einer der Proben brachte Böwing eigene Texte mit und übergab sie mir ziemlich nervös. Diese Nervosität wuchs sicherlich noch, als ich ihm die Sammlung von Gedichten zurückgab. Ich weiß nicht mehr, wie ich mein Urteil formuliert hatte, aber sehr einfühlsam kann es nicht gewesen sein, denn Lyrik von Holger Böwing habe ich seitdem nie wieder gesehen. Stattdessen schrieb er Geschichten, in denen er seine NVA-Erlebnisse und seine vaterlose Kindheit aufarbeitete. Nicht eben außergewöhnliche Stoffe, und auch der tragische, manchmal sentimentale Gestus war keine Erfindung des jungen Autors. Aber die Texte hatten eine

Intensität, die die Arbeit an Komposition oder Erzählperspektive sinnvoll machte. Zwei, drei Jahre später dann für mich der Paukenschlag: das Manuskript von *Jakob Leising*. In seiner ersten Fassung hieß es noch *Skinner-Box* – wie der Testkäfig, den der bedeutende amerikanische Verhaltenspsychologe B. F. Skinner erfunden hatte.

Es war damals die hohe Zeit der *Behinderten-Literatur*, und Bücher von Roswitha Geppert oder Volker Keßling ließen die DDR landauf, landab schluchzen. Und wie geschah mir im Frühjahr 1987 mit *Jakob Leising*? Ich musste beim leisen Lesen laut lachen; immer wieder!

Böwing hatte – mir war egal, wie sehr der Autor davon wusste – eine faszinierende Interpretation gefunden: die DDR als absurdes, tragikomisches „Spezialkinderheim"!

Aufgeregt lief ich zum damals einzigen, DDR-weit noch bedeutenden Verlag Rostocks, zu *Hinstorff*, und schilderte einem Lektor das unerhörte Manuskript in den leuchtendsten Farben! Zwei Wochen später war ich ernüchtert. Ich glaubte, meinen Ohren nicht trauen zu dürfen: „Der junge Mann kann leider nicht erzählen." Sprach's und gab mir das Manuskript ohne ein weiteres Wort zurück.

Erst zwei Jahre nach der Wende erklärte sich der Lektor, was mich aber auch nicht glücklicher machte: „Sie als Literaturwissenschaftler hätten doch wissen müssen, dass ein Stoff, in dem die Volksbildung derart kritisiert wird, damals nicht gegangen wäre." – Ach, als wenn es nur um die Volksbildung gegangen wäre!

Holger Böwing machte sich nach dieser Enttäuschung selbst auf den Weg und fand im *Buchverlag Der Morgen* und bei dessen Lektorin Annegret Herzberg offenbar mehr Verständnis: Nach etwa anderthalbjähriger Prüfung des Manuskripts – eine damals übliche Zeitspanne – erhielt Böwing im Januar 1989 den Verlagsvertrag (über

„mindestens 10.000 Exemplare!"). Noch im August 1990 hieß es aus dem Verlag, das Manuskript sei in der Druckerei.

Doch dann geschah, was damals vielfach in den Verlagen geschah: Die unsicheren ökonomischen Verhältnisse erzwangen (oder gestatteten) die Risikovermeidung – mit anderen Worten: Manuskripte junger oder nicht ausreichend populärer AutorInnen blieben ungedruckt.

So erhielt auch Holger Böwing im Januar 1991 einen Brief, in dem ihm mitgeteilt wurde, dass der Verlag den Besitzer gewechselt und das Lektorat des neuen Geschäftsführers „gravierende Einwände" gegen *Jakob Leising* vorzubringen habe, weshalb das Buch nicht verwirklicht werde. „Die Druckfahnen habe ich mir im Februar 1991 persönlich abgeholt", schrieb mir der Autor lakonisch.

Das unfreiwillig in die Jahre gekommene Manuskript drehte seitdem die üblichen Runden. Immer wieder schien es Interesse zu geben, immer wieder erlosch dieses Interesse. Es gab immer wieder Lesungen vor begeisterten Zuhörern, seit 1990 wurden immer wieder Passagen des Textes in Zeitschriften (u. a. der legendären *Temperamente*) abgedruckt – allein, es fand sich kein Verlag, der das Manuskript zum Buch machte. Für den Autor waren die beiden Literaturgesellschaften, mit denen er es zu tun bekommen hatte, letztendlich gleichermaßen frustrierend. Waren es zunächst ideologische Bedenken, wurden daraus ökonomische. Machte das die Bedenken überzeugender?

Und eine andere irritierende Erfahrung musste Holger Böwing machen: „Es scheint so etwas wie vom politischen System unabhängige Psychiatrievorkommnisse zu geben; da wäre viel, aber wenig Neues zu erzählen."

Erstaunlicherweise ist jedoch etwas Neues an dem nun gedruckten Text zu entdecken, obwohl er sich nicht verändert hat. Es ist inzwischen eine Perspektive entstanden, unter der die Lektüre Jakob Leisings noch reizvoller wird. Denn das mehr als 20 Jahre alte Manuskript befindet sich urplötzlich inmitten einer brandaktuellen Diskussion: Neurologen und Philosophen streiten neuerdings über die grundsätzliche Möglichkeit des Individuum zur „Willensfreiheit". Heutige neurologische Erkenntnisse sprechen dafür, dass jede und jeder von uns in einer Art Skinner-Box lebt und dem „Wenn-du-dann-Prinzip" folgt, das Jakob Leising ebenso leidvoll erfahren wie scharfsinnig erkannt hat.

Die gegenwärtige Variante dieser These besagt, dass unsere sog. „freien" Entscheidungen durch kurz zuvor ablaufende, bewusstseinsunabhängige neuronale Prozesse bestimmt seien und wir deshalb nur irrtümlich annehmen, wir wären unserem „freien Willen" gefolgt. In Wirklichkeit seinen unsere Entscheidungen durch allerlei Prägungen determiniert, also nicht frei ...

Holger Böwings Buch und Jakobs Verhalten sind auch eine Antwort auf diese Diskussion, von der die beiden damals beim besten Willen nichts ahnen konnten. Ein Grund mehr, der für *Jakob Leising* spricht. Ein Grund mehr für meine Freude darüber, dass nach einer endlosen Geschichte des Manuskripts es endlich als Buch vor dem Leser liegt.

Wolfgang Gabler
Pastow, im Februar 2009

Erstes Heft

Ich muß vorsichtig sein.

Immerhin ist es schon nach zweiundzwanzig Uhr, seit mehr als zwei Stunden also Nachtruhe. Vom Nachtwächter habe ich wenig zu befürchten, der macht erst gegen elf seine Runde. Und selbst wenn er mich mit der Taschenlampe und dem Schreibzeug im Bett erwischen würde, wäre es möglich, daß er sich die Meldung verkneift. Es sind vielmehr meine fünf Zimmerkameraden in ihrem medikamentengestützten Schlaf, die mich beunruhigen. Ich traue diesen Pillen und Tröpfchen nicht. Jeder der Jungs ist dumm genug und lange genug hier, um morgen früh nichts Eiligeres zu tun zu haben, als dem Erzieher zu melden, daß ich die Nachtruhe gestört habe. „Herr Dumpke, Herr Dumpke, ich weiß was!“ Das wäre schlimm. Es geht mir nicht um die paar Tage Fernsehverbot und das ganze andere Drumherum, so lästig das auch sein mag. Nein, es darf ganz einfach niemand erfahren, daß ich schreibe, daß ich überhaupt in der Lage bin zu schreiben. Die Folgen wären nicht auszudenken.

Mehr als zwei Jahre bin ich jetzt in Ostdorf, und ich verspüre keine Lust, ein falsches Schubfach, in dem ich mich eingelebt habe, gegen ein möglicherweise richtigeres, jedoch fremdes und mit Sicherheit kaum weniger enges zu tauschen. Es muß auch mal Schluß sein mit der Einordnerei.

Wenn man dem Etikett glauben möchte, zeichne ich mich momentan durch zwei wesentliche Eigenschaften aus: Ich bin schwachsinnig, und ich bin schwer erziehbar.

Es ist das Recht der Gesellschaft, damit zu rechnen, daß ich, wenn ich im Sommer entlassen werde, zwar immer noch schwachsinnig, aber viel leichter erziehbar bin. Wodurch sonst sollte die Existenz dieses Spezialkinderheimes gerechtfertigt sein?

In sieben Monaten werde ich die achte Klasse der Hilfsschule mit Erfolg beendet haben. In elf Monaten ist mein achtzehnter Geburtstag. Ich wäre dumm, wenn ich meinen Ruf als Schwachsinniger aufs Spiel setzen würde. Dennoch drängt es mich heute nacht, die Geduld dieser hilfslinienbestückten Schulheftseiten maßlos zu strapazieren.

Ich, Jakob Leising, wurde am 3. Oktober 1967 in Leipzig geboren. Damals hieß ich allerdings noch nicht Leising, sondern Zablocki. Das und noch einige andere mehr oder weniger verbürgte Angaben zu meiner Person konnte ich einer Akte entnehmen, deren Studium ein außergewöhnliches Leseerlebnis für mich war. So erfuhr ich beispielsweise, daß der kleine Jakob Zablocki bis zu seinem vierten Lebensjahr ein schlimmes Hüftleiden hatte, welches Weihnachten 1971 durch eine Operation erfolgreich behandelt werden konnte. Dafür würde ich den Ärzten gern nachträglich danken. Damals war ich nämlich noch nicht in der Lage, Dankeschön zu sagen. Die Ursache für diesen Mangel bestand darin, daß ich meine vier ersten Lebensjahre wegen der Hüfte vorwiegend in der Horizontalen verbringen mußte, meine Hauptperspektive also die des Frosches war. Die einzige Person, mit der ich hätte reden können, hieß, so sagt es die Akte, Anna-Maria Zablocki.

Immer, wenn ich mir den schönen Namen meiner Mutter durch den Kopf gehen lasse, werde ich ärgerlich, weil ich mit mir selbst in Streit darüber gerate, ob sie nun schwarzes oder rotes Haar hatte. So lächerlich dieses Problem ist, es macht mich wahnsinnig, nicht dahinter zu kommen.

Meine Mutter muß sehr traurig darüber gewesen sein, daß ich das Laufen nicht lernen wollte, denn es kam der

Tag, an dem sich zeigen sollte, daß ich dem Kinderwagen entwachsen war, und ihr nichts anderes übrig blieb, als mich sehr oft und lange allein zu Hause zu lassen.

Irgendwann ist dann der Herr Leising aufgetaucht, aber für mich änderte sich außer dem Nachnamen dadurch nichts. Der Initiative neugieriger Nachbarn ist es zu verdanken, daß ich wohl niemals erfahren werde, welche Farbe Anna-Maria Zablockis Haar gehabt hat. Es heißt: „Das Kind wurde von Nachbarn in einem verwahrlosten Zustand aufgefunden, die daraufhin die Jugendhilfe informierten." Dann folgten noch einige Blätter Papierkrieg, bis meiner Mutter schließlich das Sorgerecht entzogen wurde. Im Oktober 1971 nahm mich die Gesellschaft unter ihre Fittiche.

Und jetzt, im Herbst des Jahres 1984, liege ich auf einer der hundertfach durchnäßten Matratzen, die, wie auch ein Teil des Personals, noch aus Jugendwerkhofszeiten stammen, und entweihe die heilige Ruhe des Spezialkinderheimes Ostdorf. Schlimm, schlimm, Jakob!

„Von dir hätte ich das am wenigsten erwartet", würde Herr Storch, der Erziehungsleiter, im Onkel-Uhu-Tonfall sagen, wenn er es wüßte. „Du bist doch schließlich einer unserer Veteranen, oder nicht?"

Leichtes Nicken bei gesenktem Haupt.

Danach würde er, um den Grad seiner Enttäuschung zu verdeutlichen, all die großen Stücke aufzählen, die er bisher auf mich gehalten hatte: „Du hast dich so gut bei uns entwickelt, durftest vor kurzem in die Reihen der FDJ aufgenommen werden, singst so fleißig im Schulchor und jetzt das, gerade jetzt, wenige Stunden, bevor du unser Kinderheim auf dem ‚Treffen der Besten' vertreten sollst! Wir sind alle sehr enttäuscht über dein Verhalten."

Betretenes Schweigen.

„Erkläre mir mal, wie es nun weitergehen soll!“

Es bliebe mir nichts anderes übrig, als zu antworten: „Es soll nicht mehr vorkommen.“

„Jaaa“, würde er entgegnen, „das sagt sich jetzt leicht. Taten wollen wir sehen, gute Taten!“

Ganz anders würde Frau Zesch, unsere Gruppenerzieherin, reagieren: „Leising hat die Nachtruhe gestört!“ höre ich sie röhren, und es würde klingen wie: „Hab ich´s nicht immer gesagt?! Natürlich, wer sonst?! Dir scheint´s ja schon lange viel zu gut zu gehen. Und so ´nen tauben Hassan wie dich wollte Herr Storch als Telegierten auf die Mitmenschheit loslassen! Ich lach mich kaputt. Fressen, pennen und an den Nüssen spielen, mehr könnt ihr doch nicht. Ihr wißt ja schon gar nicht mehr, wie gut es euch geht. Liebend gern würde ich mit euch tauschen, aber dazu seid ihr ja viel zu blöd. Wir werden üben, verlaßt euch drauf. Am Wochenende habe ich Dienst. Dann übt ihr, und ich gucke mir die Olsenbande alleine an.“

Es ist nicht einfach, von Schwachsinnigen umgeben zu sein. Schwachsinn parterre, Schwachsinn über mir, so liegen die Dinge, wenn man im unteren Bett untergebracht wurde. Was nützt mir meine geistige Überlegenheit Danilo gegenüber, dessen nächtlicher Untermieter ich bin?

Lediglich die Tatsache, daß meine Aufzeichnungen nicht genießbar sind, wirkt in bezug auf Danilo etwas beruhigend. Andernfalls würde er sie wittern und ohne Zögern verschlingen. Danilo ist derartig verfressen, daß er sogar Theater macht, wenn er eine Tablette zu wenig bekommt. Dabei erhält er schon die meisten Drogen von uns allen hier. Dagegen sind meine fünf Tropfen Himbeersirup an den heißen Stein vergeudet. (Das mit dem Sirup weiß außer mir nur Danilo, und dem glaubt es niemand, selbst wenn er hundertmal am Tag behauptet, mein Aolept schmecke viel besser als seins. Die Frage, ob Danilo oder die Aufschrift der Medizinflasche lügt, wurde der Einfachheit halber zu Nilos Ungunsten entschieden. Dabei wird es mit Sicherheit bleiben.)

Die anderen Jungs auf dem Zimmer sind nicht weniger dumm dran. Im ersten Bett unten liegt Mathias, der wie Nilo und ich von seinen Eltern gelöst worden ist. Unter ihm schläft Norbert. Im zweiten Bett sind Fredi und Ronny untergebracht. Diese drei werden nur zeitweilig ihren Elternhäusern vorenthalten. Im Moment, da sie friedlich schlummern, merkt man ihnen nicht an, daß sie tatsächlich schwachsinnig sind. Daran besteht jedoch kein Zweifel. Schwachsinn allein genügt aber noch nicht, um sich für Ostdorf zu qualifizieren. Dazu ist ein reichbeschnitztes Kerbholz vonnöten, und damit kann jeder der fünf aufwarten. Daß ich der Älteste auf dem Zimmer bin, dem Kalender nach durchschnittlich zwei Jahre älter als die anderen, ist einem gewissen Mangel an Geradlinigkeit innerhalb meines Werdeganges zu verdanken.

Die Sache mit der leidigen Hüfte hat mich doch ziemlich zurückgeworfen. Ich bin sicher, daß es alle Leute, die seinerzeit über mein weiteres Schicksal zu entscheiden hatten, prinzipiell gut mit mir gemeint haben. Aber was fängt man an mit einem Kind im fünften Lebensjahr, welches weder laufen noch sprechen kann? Das ist schließlich kein Normalfall. Alles, was aus der Norm fällt, bedarf jedoch eines erhöhten Maßes an Aufmerksamkeit, und Fehlentscheidungen drängen sich geradezu auf. Was also tun mit Jakob Leising?

Meiner schicksalsbestimmenden Hüfte ist es zuzuschreiben, daß der Beschluß über meinen weiteren Verbleib für ein halbes Jahr vertagt werden konnte. Ich kam zur

Operation ins Krankenhaus. Da hatte ich ein Dach überm Kopf, ein Bett und satt zu essen. Was will der Mensch mehr? Leider kann ich mich auch an diese Zeit nur schwach erinnern und verspüre keine Lust, mir den Schädel darüber zu zermartern. Jedenfalls finde ich es prima, daß ich erfolgreich operiert werden konnte und damit meinem weiteren Werdegang etwas weniger im Weg stand. Richtig laufen oder gar sprechen konnte ich natürlich immer noch nicht.

Längst besteht mein Problem nicht mehr darin, daß es mir an Worten fehlt. Vielmehr mühe ich mich Tag für Tag damit ab, die Hälfte meiner Worte dreimal im Mund zu wenden, bevor ich sie nicht ausspreche, denn ich will weder auffallen noch irgendeinen Lehrer oder Erzieher vor den Kopf stoßen. Also begebe ich mich auf das sprachliche Niveau des Schwachsinnigen, und das ist nicht einfach, weil es im Grunde keine Schwachsinnigensprache gibt. Die Kunst besteht vielmehr darin, mittels der Sprache den Eindruck zu erwecken, daß sich das Denken auf einem niedrigeren Intelligenzniveau vollzieht. Wenn das gut gelingt, kann man unter Umständen auf größtes Wohlwollen stoßen. Für meine Kameraden ist das keine Kunst. Mich kostet diese Nummer einigen Scharfsinn. Zu Ostern wurde ich mit einem Beutel voller Süßigkeiten in den Wald geschickt, um das Zeug hinter den Bäumen zu verstecken, damit es auf der bevorstehenden Wanderung unserer Gruppe wiedergefunden werden konnte. Als ich nun gerade einen der teuren Hohlkörper hinter einen Baumstumpf verstaue, kommt, wie es der Zufall will, unser Heimleiter des Weges, schaut mir eine Weile zu und fragt: „Naaa, Jakob, bist du der Osterhase?“ Schon liegt mir ein „Ja“ auf der Zunge aber gerade noch rechtzeitig flüstert mein Selbsterhaltungstrieb mir was von geistigem Niveau, ich überlege kurz, jedoch intensiv und antworte:

„Nein, ich verstecke nur die Süßigkeiten.“ Solche Volltreffer gelingen mir glücklicherweise oft.

Das war nicht immer so. Zwar brachte ich einige Erfahrungen in der Kunst der Verstellung mit nach Ostdorf, hatte sie aber bis dahin nur zeitweise betrieben und keineswegs damit gerechnet, jemals dermaßen auf mein Talent angewiesen zu sein. Ich beging zunächst Fehler über Fehler. Es war also geradezu unumgänglich, daß ich mir eines Tages meine Akte beschaffte, um zu ergründen, was man eigentlich von mir erwartete. Aha, dachte ich, so hat Brückner, das Schwein, es also geschafft, dich nach Ostdorf verfrachten zu lassen, und prägte mir meine wesentlichen Eigenschaften ein. Besonders gefiel mir die Sache mit der erhöhten sexuellen Triebhaftigkeit und der daraus erwachsenden Tendenz zu auffälligen Handlungen. An dieser Stelle hätte ich liebend gern angesetzt, aber die Tatsache, daß in diesem Heim nur Jungs untergebracht sind, schränkte meine Möglichkeiten doch erheblich ein. Ich bin fünfzehn Jahre zu spät gekommen. „Vor fünfzehn Jahren hatten wir noch Mädchen“, sagte der ehemalige Erziehungsleiter auf einem Gruppennachmittag unter den Thema „Vom schweren Anfang“. „Das war keine einfache Zeit“, sagte er und klopfte, um diesen Worten Nachdruck zu verleihen, munter mit dem Krückstock gegen seine Beinprothese.

Die Realität zeigt allerdings, daß auch unter Jungs ein reges Sexualleben auf der Tagesordnung stehen kann. Jedoch würde es mir wenig Freude und große Mühe bereiten, das Angebot an sexuellen Auffälligkeiten noch erweitern zu wollen. Da halte ich mich lieber an mich und schöpfe aus dem prallen Säckchen meiner Erinnerungen an die Zeit in G. Das kann einen schon aufrichten.

Immer wenn Frau Zesch in ihrer Rage mit der Bemerkung, daß man mich lieber in G. hätte lassen sollen, eine

Breitseite auf mein Seelenleben abzufeuern versucht, kann ich mich eines fröhlichen Wenn-du-wüßtest-Gefühls nicht erwehren. Leider neigt sie etwas dazu, auf direktestem Wege in mein Lächeln einzugreifen. Das muß ich verschmerzen. Genaugenommen betreibt sie nichts anderes als Notwehr. Es fällt mir überhaupt auf, daß die Geduld mancher Erwachsener den übelsten Angriffen zu trotzen vermag, aber bei entblößten Schneidezähnen der Riemen sofort unten ist.

Insgesamt verdienen sechzig Erwachsene ihre Brötchen mit unserer Umerziehung. Sechzig zu neunzig – wir sind also in der Überzahl. Auf jede der sieben Gruppen kommen zwei Erzieher und ein Klassenleiter, außerdem gibt es noch zwei Erzieher, die keine feste Gruppe haben, und einige Fachlehrer ohne eigene Klasse. Die Sechzig wird voll durch die Heimleitung, die Verwaltung und die technischen Mitarbeiter. So gut wie alle wohnen in Ostdorf.

Die erste Heimangestellte, der ich, als Dr. Lenz mich damals hier ablieferte, in die Arme laufen sollte, war Frau Mondler, unsere Fürsorgerin. „Du bist also der Jakob", sagte sie und preßte mein Gesicht gegen ihren Busen. „Du wirst dich schnell bei uns eingewöhnen." Glücklicherweise war es das erste und letzte Mal, daß ich auf diese Weise in Atemnot versetzt wurde. „Hast du schon einmal in einem richtigen Schloß gewohnt? – Nein? – Das dachte ich mir. – Ab heute darfst du das, unser Kinderheim hat nämlich früher einmal einem Grafen gehört. – Freust du dich gar nicht darauf? – Nun laß man, Jakob, ich weiß, daß es schwer ist. Dabei hast du es viel einfacher als mancher andere Junge. Du bist schon daran gewöhnt, mit vielen, anderen Kindern zusammen zu leben, hast Erfahrung. Denk doch mal an die Jungs, die bis gestern zu Hause bei ihrer Familie gewesen sind, wie schwer mag denen der Abschied, gefallen sein?!“ Es gelang mir nicht, diese Denkaufgabe zu erfüllen. Ich wollte nur zurück nach G.

Bin ich nun entwichen oder nicht? Wenn ich den feierlichen Worten, die der Heimleiter am Ende meines ersten Schuljahres in Ostdorf gesprochen hat, Glauben schenke, bin ich nicht entwichen. Er wird ja die Herren vom Bezirk kaum belogen haben. Glaube ich aber meinem Erinnerungsvermögen, so bin ich doch entwichen, und zwar noch in der ersten Nacht. Vielleicht reichen zwei Tage Verschwundensein einfach noch nicht aus, um als Entweichung zu gelten. Wie dem auch sei, sie haben mich wieder eingefangen. Dabei lernte ich, daß man mit Hilfe eines Autos schnell zurückgebracht werden kann, ohne dabei auf das Laufen verzichten zu müssen, wenn derjenige, der das Auto fährt, die Stoßstange ihrem Namen entsprechend einzusetzen versteht. Und ich lernte das sagenumwobene Kämmerchen kennen, welches in einem richtigen Schloß nicht fehlen darf.

Da saß ich nun auf der Bank, die Herr Dumpke gern Samenbank nennt, und verspürte große Lust, meine höchstsentimentalen Memoiren zu schreiben. Etwa so: Es war einmal ein kleiner Junge namens Jakob Leising, der machte seiner Mutter großen Kummer, weil er ein schlimmes Hüftleiden hatte und weder Laufen noch Sprechen lernen wollte. Und weil seine Mama mit diesem Kummer nicht fertig wurde, nahm sich die Gesellschaft seiner an. Zuerst sorgte man dafür, daß seine Hüfte in Ordnung gebracht wurde, danach war aber guter Rat teuer. Wo sollte man ihn unterbringen, ihn, der schon vier Jahre und zwei Monate alt war und noch immer nicht laufen oder gar sprechen konnte? Man überlegte und überlegte ... Ein Glück, daß ich damals nichts zu schreiben dabei hatte.

Ich weiß auch nicht, wo man ihn am besten hätte unterbringen sollen, aber dafür weiß ich, wo man ihn untergebracht hat. Wie könnte ich diese zehn bemerkenswerten Jahre jemals vergessen?

Die meisten Leute haben eine völlig falsche Vorstellung von einer Nervenklinik. Ich frage mich, wodurch diese mit in Zwangsjacken umherspringenden Gestalten dürftig ausgefüllte Bildungslücke zustande kommt. Vielleicht muß man wirklich selber mal drin gewesen sein, um zu einem brauchbaren Bild zu kommen. Ich jedenfalls möchte die Zeit in G. auf keinen Fall missen.

Und nun, zwei Jahre danach, glotze ich von einem Ostdorfer Bett aus durch einen Ostdorfer Gardinenspalt in den Ostdorfer Himmel und muß mich doch sehr über die Unordnung da oben wundern. Das sollte unsereinem mal passieren.

„Im Prinzip läßt sich das Leben in unserem Spezialkinderheim mit dem Leben in einer Armeekaserne vergleichen", hörte ich unseren Schulleiter zu dem Zeitungsreporter sagen, der uns gerade beim Mittagessen fotografiert hatte. Der Reporter legte ein zweifelsgequältes Gesicht auf. „Meinen Sie wirklich, daß man das so sagen kann?"

„Warum nicht? Nehmen Sie nur allein den Tagesablauf: Wecken – Frühsport – Morgentoilette – Bettenbau – Frühstück – Ordnungsappell – Schule – Mittagessen – Hausaufgaben – Freizeit bzw. Arbeitsgemeinschaften oder Pionier- und FDJ-Veranstaltungen – Abendessen – Schuhputz – Revierreinigen – Tagesauswertung – Aktuelle Kamera – Nachtruhe. Sehen Sie da keine Beziehungen?"

Dieser Zeitungsmensch muß sehr mißtrauisch gewesen sein. „Das Leben im Spezialkinderheim Ostdorf ist vergleichbar mit dem Leben in einem Pionierlager“, hieß es in dem Artikel. Mag sein, daß das stimmt. Ich war noch nicht in einem solchen Lager, kann mir also kein Urteil erlauben. Meine Vergleichsmöglichkeiten beziehen sich einzig und allein auf G.

Natürlich hatte Frau Mondler recht, als sie sagte, daß ich es gewohnt sei, mit vielen anderen Kindern zusammen zu leben. Seit dreizehn Jahren gehöre ich irgendwelchen Gruppen an, wohne, esse, schlafe in Gemeinschaften, die durch die merkwürdigsten Bande zusammengehalten werden. Ich könnte die blauen Seiten fürs Vornamenbuch schreiben, wenn es sein müßte, oder ein „Spitznamenbüchlein“. Und trotzdem brauchte ich lange, um mich an Ostdorf zu gewöhnen.

Dabei ist hier alles so einfach. Man braucht nur das Wenn-du-dann-Prinzip zu begreifen und sich darauf einzustellen – eine Aufgabe, zu deren Bewältigung es nun wirklich keiner hohen Intelligenz bedarf. Dennoch tat ich mich schwer damit. Nicht, daß ich das Wenn-du-dann-Prinzip nicht rasch erkannt hätte, vielmehr fehlte es mir an dem nötigen Verständnis dafür. In meiner Einfalt fragte ich mich: Was hat der Nachschlag beim Mittagessen mit meinem mangelnden Schlafbedürfnis am Abend zu tun? Oder: Warum muß ich zum Lohn für meine Bravheit Herrn Dumpkes Karnickel füttern und kann zur Strafe für irgendeine Frechheit faul auf der Haut liegen, während die anderen Kohlen schippen? Eigentlich lag also für mich das Problem nicht so sehr im Wenn-du, sondern mehr im Dann.

Bei meinen Gruppenkameraden ist das genau umgekehrt. Unter anderem deshalb mangelt es mir ihnen gegenüber etwas an Zugehörigkeitsgefühl. Aber dieser Mangel war mir auch schon in G. sehr ans Herz gewachsen. Damals jedoch hatte ich Gregor. Nie werde ich den denkwürdigen Tag vergessen, an dem wir einander zum erstenmal begegnet sind.

Ich muß ungefähr zehn Jahre alt gewesen sein, jedenfalls wurde schon so ’n bißchen Schule mit mir gespielt. Zu dieser Zeit gehörte ich mit sieben anderen Kindern meines Alters einer ziemlich gemischten Gruppe an. Zwei meiner Kameraden stammten aus der POS, zwei aus der Hilfsschule, die übrigen drei hatten noch nie eine Schule von innen gesehen, weil sie imbezill waren.

Einer der drei Imbezillen hieß mit Spitznamen Freßmaschine, weil er dermaßen aufs Essen versessen war, daß seiner Nahrungsaufnahme regelmäßig gewaltsam ein Ende gemacht werden mußte.

Eines Nachmittags machten sich zwei unserer Erzieher den Spaß, darauf zu wetten, wie viele Stullen Freßmaschine zu sich nehmen würde, wenn ihn niemand bremste. Und Freßmaschine aß. Ich habe niemals wieder einen Menschen so viel verschlingen sehen. Es dauerte 26 Stullen lang, bis es ihn aushob. Er hat den halben Gruppenraum vollgekotzt. Als er damit anfing, sich das Erbrochene abermals in den Mund zu stopfen, konnten selbst die beiden Erzieher nicht mehr darüber lachen. Die Mahlzeit wurde beendet, Freßmaschine in den Waschraum geschleift. Ich erhielt den Auftrag, seine schmutzigen Klamotten zur Wäscherei zu schaffen. Also griff ich mir das stinkende Zeug und trottete los.

Die Waschküchentür war nur angelehnt. Da auf mein Klopfen niemand reagierte, trat ich ein. Im nächsten Augenblick sollte ich ihn zum erstenmal sehen: Er muß damals etwa zwanzig Jahre alt gewesen sein, war stoppelbärtig, trug eine Brille, lümmelte in einem dieser Wäschewagen, hielt ein Buch in den Händen und las.

Ich glaube, daß ich ihn danach fragte, was er in der Wäscherei mache, worauf er zur Auskunft gab, daß er sich freiwillig zum Ventildienst gemeldet habe. Ich fragte ihn, was Ventildienst sei. Darauf versuchte er, mir die ganze Waschmaschine zu erklären und endete bei dem defekten Ventil, das die Wasserzufuhr regeln sollte und dessen Aufgabe er übernommen habe. „Hahn auf – halb vollaufen lassen – Hahn zu – ganz einfach." Gregor war mir sofort sympathisch.

Ich habe während meiner ersten Wochen in Ostdorf dreimal an Gregor geschrieben. An wen hätte ich sonst schreiben sollen, außer vielleicht an Anna. Aber das wäre schließlich auf dasselbe hinausgelaufen. Auf keinen Fall wollte ich das Briefpapier an Dr. Lenz oder Herrn Brückner verschwenden. Möglicherweise haben meine Briefe Gregor niemals erreicht, möglicherweise ist seine Antwort nicht bis zu mir gedrungen. Ich weiß es nicht. Jedenfalls hätten oder haben meine Zeilen ihm mit Sicherheit zu denken gegeben, denn wir schreiben unsere Briefe, um Fehler zu vermeiden, in der Regel nach gemeinsamen Vorgaben:

„Lieber . . . !

Ich habe mich schon gut in Ostdorf eingelebt. Die Schule macht mir viel Spaß. Meine Lieblingsfächer sind . . . und . . . Das Essen schmeckt sehr gut. Gestern haben wir eine Wanderung nach . . . gemacht. Das Wetter ist . . . Grüße bitte auch . . . und . . . von mir! Der nächste Besuchstag ist am . . .

Herzliche Grüße. Dein . . .

P.S. Schicke mir bitte . . . und . . . !"

Bevor die Briefe zum Briefkasten gelangen, werden sie vom Erzieher nochmals auf eventuelle Mängel überprüft.

Schließlich ist es nicht unbedeutend, welchen Eindruck das Kinderheim nach außen hin erweckt.

Die Schule macht mir übrigens tatsächlich viel Spaß, und auch über das Essen kann ich mich nicht beklagen. Überhaupt ist das Kinderheim mit allem, was für Geld zu haben ist, hervorragend ausgestattet. Wir können das Fernsehprogramm in Farbe empfangen, erhalten teure Medikamente, fallen nicht durch unsere Kleidung auf, sind von modernem Mobiliar umgeben, bekommen zu Weihnachten und Ostern reichlich Süßigkeiten und Geschenke, dürfen uns was zum Geburtstag wünschen, haben einen Swimmingpool im Heimgelände, werden mit Taschengeld versorgt und können die „ABC-Zeitung", den „Mischka", die „Trommel", die „Junge Welt" und die „Sowjetfrau" lesen. Mehr will mir im Moment nicht einfallen, aber das ist ja auch schon ´ne ganze Menge.

Und dann gibt es immer wieder einige Jungs, die all diese Dinge nicht zu würdigen wissen, denen es scheinbar, wie unser Heimleiter beim Montagsappell zu schimpfen pflegt, noch viel zu gut geht, die sich bei uns dick und rund fressen und sich trotzdem benehmen wie die Axt im Walde, die große Lust auf das Besinnungsstübchen haben müssen und hiermit einen Tadel ausgesprochen bekommen: „Tritt ein, ehe ich mich vergesse!" Das sind die Burschen mit dem Wenn-du-Problem.

Ich denke da beispielsweise an Norbert, den friedlichen Schläfer im ersten Bett unten. Er ist eine Seele von einem Schwachsinnigen, solange er mit den Jungs aus der Fünften im Buddelkasten sitzt und Burgen baut. Norbert kann nicht zwei plus eins rechnen, ohne die Finger zu Hilfe zu nehmen. Irgendwann auf dem Weg in die achte Klasse muß er es verlernt haben. Wenn ihn in der sechsten Stunde, nachdem er fünf Stunden lang sein Wissen über das Erdöl, die Dingwörter, die Singebewegung der FDJ und sonstwas erweitert hat, auch noch jemand fragt, wieviel zwei plus zwei ist und auf einer Antwort besteht, ist das also beinahe etwas zuviel verlangt. Dann vollführt Norbert seinen berüchtigten Kopfflüglertanz, der nichts Gutes verheißt. Und urplötzlich ergreift er einen wirkungsversprechenden Gegenstand, meinetwegen einen Stuhl oder eine Schere, und geht auf den lästigen Frager los, daß die Fetzen fliegen. Und dann wundert er sich noch, weil er Weihnachten nicht nach Hause darf.

Wie idyllisch war doch dagegen meine Schulzeit in Brückners klinikeigener Schule. Ganze vier Unterrichtsstunden hatten wir am Tag. Da wir alle mit recht unterschiedlichen Mengen an Intelligenz ausgestattet waren, wurden wir der Einfachheit halber nach dem Lehrplan der Hilfsschule unterrichtet. Außerdem verzichtete man auf alle unwesentlichen Fächer und beschränkte sich auf Deutsch, Heimatkunde, Mathematik, Zeichnen und Musik. Dabei blieb es bis zu meiner Überführung nach Ostdorf. Ich gehörte zu den leistungsstärksten Schülern der Klinikschule, auch wenn diese Selbsteinschätzung etwas im Widerspruch zu der Beurteilung steht, die mir der liebe Herr Brückner mit nach Ostdorf gegeben hat. Macht nichts, die wichtigsten Dinge für mein bevorstehendes Dasein habe ich ohnehin nicht in der Schule gelernt. Meine Schule war die Wäscherei, und mein Lehrer war Gregor Mattner.

Seit unserer ersten Begegnung wurde er mich nicht mehr los. Fast täglich durfte ich ihm beim Ventildienst Gesellschaft leisten. Wieder einmal war es meine Hüfte, die dem Schicksal auf die Sprünge helfen sollte. Dank der aktenkundigen Operation konnte ich Dr. Lenz davon überzeugen, daß die beliebten Nachmittagsspaziergänge unserer Gruppe zur sogenannten Märchenwiese nicht das

Richtige für mich seien. Ich half ihm ein bißchen beim Überlegen, und er verhalf mir zu der Erlaubnis, mich am Nachmittag in der Wäscherei nützlich zu machen. Und genau das tat ich auch.

Ich war ein Meister des Ventildienstes. Gregor lümmelte in einem Wäschewagen, ich in einem anderen. Wenn die Maschine nach Wasser verlangte, taten wir ihr abwechselnd den Gefallen. Wir versahen unser Amt so perfekt, daß niemand mehr daran dachte, einen Monteur zu bestellen. Meinetwegen hätte es ewig so weitergehen können. Aber Pustekuchen, Jakob Leising war zu Höherem berufen.

Wie steht es doch so schön am linken Seitenflügel des Schlosses:

„Gottes Rute schlug mich nieder,
Gottes Segen baut mich wieder.“

Leider hat der große Brand, auf den sich diese Worte beziehen sollen, siebzig Jahre zu früh stattgefunden. Jeden Morgen, wenn wir zur Heimschule marschieren, lese ich diesen sinnreichen Spruch und frage mich, was Gottes Rute wohl für ein Mensch gewesen ist. Manchmal habe ich das Gefühl, ich bin der einzige in Ostdorf, der sich die Mühe macht, Fassadensprüche zu lesen und auch noch darüber nachzudenken.

Und mitten im schönsten Denken finde ich mich im Klassenzimmer wieder und habe ein Hilfsschüler zu sein.

„Heute wollen wir wieder ein Gedicht kennenlernen“, höre ich Herrn Bayer, unseren Klassenlehrer, versprechen, „ein Gedicht von Goethe. Vielleicht weiß zufällig jemand von euch etwas über diesen Mann.“

Ein Wald von windgepeitschten Armen versetzt Herrn Bayer augenblicklich in Entzücken.

„Na, Danilo!“

Nilo erhebt sich, nimmt Grundstellung ein, wie es sich gehört, und sagt: „Götke hat gegen die Faschisten gekämpft.“

Enttäuschtes Raunen meiner Klassenkameraden. Der Wald verschwindet wieder. Herr Bayer macht ein Jein-Gesicht, wiegt den Kopf hin und her und teilt mit, daß diese Auskunft nicht so ganz richtig sei, aber Goethe mit Sicherheit gegen die Faschisten gekämpft hätte, wenn es ihm zeitlich möglich gewesen wäre. Für den Rest der Stunde ist mit keiner weiteren Wortmeldung Danilos zu rechnen.

Trotz heftigster Willensbekundung der übrigen Zuhörerschaft, eine andere Antwort auf die gestellte Frage zu versuchen, verzichtet Herr Bayer auf nähere Ausführungen über Goethe und trägt uns das Gedicht recht ordentlich vor. „Ich ging im Walde so für mich hin . . . “

Am Ende der Stunde wissen wir, daß Blumen besser in der Erde als in der Vase aufgehoben sind, und wir wissen, daß sich Herr Dumpke wieder fürchterlich über die Hausaufgaben ärgern wird, denn das Auswendiglernen von Gedichtstrophen sei für Schüler, die kaum lesen können, geistige Hochakrobatik, selbst wenn sonstwer die Verse geschrieben hat.

Das ist nicht völlig von der Hand zu weisen, und trotzdem sind mir die Literaturstunden die liebsten. Wenn Herr Bayer die Beine vom Lehrertisch baumeln läßt und uns eine Geschichte oder ein Gedicht vorliest, scheint er für einige Minuten völlig zu vergessen, daß er es mit schwererziehbaren Schwachsinnigen zu tun hat, und komischerweise vergessen die Jungs das auch. In solchen Augenblicken muß ich mich einfach an Gregor erinnern, an Gregor und seine Bücher.

Gregor besaß eine Unmenge von Büchern, hatte ständig irgendein Buch bei sich und nutzte jede freie Minute, um zu lesen. Nun war aber die Anzahl seiner freien Minuten durch meine Beteiligung am Ventildienst erheblich dezimiert worden. Deshalb schien er an manchen Tagen gar nicht so erfreut über meinen Besuch zu sein. Diese schwierige Situation brachte mich auf eine der besten Ideen meines Lebens. Ich bat Gregor darum, doch einfach laut zu lesen. Und genau das tat er auch. Tag für Tag, über ein Jahr lang, führte er mir zwei Stunden Literatur zu Gemüte. Die Waschküche in G. wurde meine Welt.

Zweites Heft

Man kann nicht alles haben.

Eine Etage weiter oben wird jetzt durch die Gemächer seiner Grafschaft geschlafwandelt. Es ist Bettnässerstunde. Zweimal in der Nacht werden die Jungs vom Nachtwächter geweckt und zur Toilette gestupst, damit sie gar nicht erst dazu kommen, ihrem Namen Ehre zu machen. Zweifellos eine erfolgreiche Therapie.

Es ist keineswegs eine Schande, Bettnässer zu sein. Manchmal beneide ich die Jungs sogar. Wenn nämlich einer von uns während des Unterrichts zur Toilette muß, fragen die meisten Lehrer nicht danach, ob es denn wirklich so dringend sei, sondern erkundigen sich danach, ob derjenige anerkannter Einpisser ist. Nur in diesem Fall wird er den Klassenraum verlassen dürfen, und zwar schleunigst. Trotz dieses offenkundigen Privilegs habe ich aus technischen Gründen darauf verzichtet, neben dem Schwachsinnigen auch noch den Blasenschwachen zu mimen. Das wäre natürlich kein besonderes Kunststück gewesen, einmal im Bett entleert, und schon hätte ich mich qualifiziert gehabt. Niemand hier würde wegen so einer Lappalie auf die Idee kommen, einen Psychomenschen zu Rate zu ziehen. Einer, der ins Bett pinkelt, ist ein Bettnässer, und einer, der seiner Lehrerin an die Brust faßt, ist ein geiles Schwein. Das ist die ganze Psychologie.

In G. haben sie mich die erste Zeit ziemlich durcheinandergebracht mit ihrer Seelenforscherei. Das Ärgerlichste daran war, daß sie einem nie gesagt haben, was denn nun das Ergebnis der Spielchen gewesen ist. Dabei habe ich mich so angestrengt, mußte Türmchen baun, Bildchen vergleichen und mir zu völlig blödsinnigen Wortreihen etwas einfallen lassen. Aber kein Mensch hat mir verraten, was dabei rausgekommen ist. Eine Zeitlang dachte ich: Vielleicht hast du ein schreckliches Ding am Kopf und weißt es gar nicht.

Nun, irgend etwas werden sie schon gefunden haben, denn aus purem Blödsinn durfte ich mein rhythmisches Talent bestimmt nicht bei der alten Scholz-Springer unter Beweis stellen. Ihr Fach war die sogenannte Musiktherapie, und die schien ihr recht gut zu bekommen, denn für ihre sechzig Lenze kriegte sie die zwei wollbestrumpften Beine noch ganz schön in die Höhe. Da sie Neuland beschritten hatte, galt sie als einmalig auf ihrem Gebiet.

Die Rumtoberei machte aber auch wirklich unheimlichen Spaß. In der Liste meiner Lieblingsbeschäftigungen kam die Musiktherapie gleich nach dem Ventildienst. Ich hätte sehr gern mit Gregor gemeinsam die Scholz-Springer beehrt, aber dazu war ich erstens zu jung, und zweitens wäre ein gescheiterter Selbstmordversuch vonnöten gewesen, um in Gregors Therapiegruppe zu gelangen. Darauf wollte ich es nicht ankommen lassen.

Eigentlich machte Gregor auf mich überhaupt nicht den Eindruck eines Menschen, der ständig mit ´nem Stück Wäscheleine in der Hosentasche rumrennt. Trotzdem stimmte es, daß er während der Abiturprüfungen plötzlich keine Lust mehr zum Lernen verspürte. Zum Glück hatte er etwas Pech bei der Verkürzung seines Daseins, sonst wäre er nicht nach G. gekommen, und ich hätte ihn niemals kennengelernt. Ein schrecklicher Gedanke.

Ohne die Vorlesungen in der Wäscherei würde sich mein weiterer Werdegang mit Sicherheit etwas anders abgespielt haben. Es ist sogar wahrscheinlich, daß ich überhaupt nicht in Ostdorf gelandet wäre. Möglicherweise hätte ich, wie schon einige andere vor mir, die langsame Wandlung vom Patienten zum Klinikangestellten durchgemacht und würde jetzt als Gärtner verkleidet mit einer Harke in der Hand verträumte Blicke in das ausgedehnte Gelände von G. werfen. Die Tagespatienten und Besucher würden an mir vorübergehen, mich unauffällig mustern und denken: armer Kerl.

Mit diesem unerfreulichen Bild im Hinterstübchen fällt es mir etwas leichter, Ostdorf zu ertragen. Da kann ich mich sogar richtig anstrengen und den Erwachsenen zu Erziehungserfolgen verhelfen und zu einem würdigen Delegierten für dieses absonderliche Treffen. Immerhin, ich habe schon zweimal eine Urkunde geschafft. Das will etwas heißen, denn eine Urkunde bekommt nur derjenige, welcher hintereinander vier Wochenlobe erhalten hat. Und ein Wochenlob gibt es nur, wenn man sechs Tageslobe schafft. Wie komme ich aber zu sechs Tageloben? Ganz einfach: Ich muß aus der Schule je fünf von sechs möglichen Punkten für Betragen, Fleiß und Ordnung mitbringen, auf diesen Gebieten auch am Nachmittag nicht negativ auffallen, und schon malt der Erzieher ein dickes fettes „L" ins Auswertungsheft. Noch besser ist es, wenn ein, zwei Stundenkringel darunter sind. Was aber nun ist für die Stundenpunkte und -kringel zu tun, die ja immerhin die Basis der Tageslobe, Wochenlobe und Urkunden darstellen? Diese Frage läßt sich nicht mit einem Satz beantworten. Hinzu kommt, daß die fünf Stundenpunkte für das Tageslob ohnehin völlig unnütz sind, wenn man eines der gefürchteten Pausen-P's von der Schule mitbringt. Sind es aber gar drei „P's" dann ergeben sie zusammen ein „St", und das bedeutet Pausensteher. Dieses System ist im Grunde ganz einfach und sollte für jeden intelligenten Menschen zu begreifen sein.

Mathias im ersten Bett unten hat wie jede Nacht seinen Daumen bis zum Anschlag in den Mund gesteckt. Heute morgen, als Frau Zesch ihre Pranke zärtlich auf seine

Schulter legte, „He, Nuckelheinrich! Aufstehn!“, begann für ihn ein völlig unbefleckter Tag. Fröhlich sprang er in den Waschraum, baute sein Bett, frühstückte, nahm seine Medikamente ein, überstand den Ordnungsappell schadlos und marschierte voller Tatendrang zur Schule. Die erste Stunde, Herr Bayer bemühte sich redlich darum, uns in die Geheimnisse der Rechenkunst einzuweihen, wie er es selbst auszudrücken pflegt, verlief ohne Zwischenfälle. Mathias bekam in Betragen, Fleiß und Ordnung einen Punkt. Auch die darauffolgende Staatsbürgerkundestunde war für ihn ein voller Erfolg, in Betragen brachte er es sogar zu einem Kringel.

Große Hofpause: Selig über sein kringelwürdiges Betragen steht Mathias in der Schlange nach seinem Frühstücksbrot an und träumt von einem weiterhin löblichen Tagesverlauf, wobei er genießerisch an seinem Daumen lutscht. Schließlich befindet er sich direkt vor dem Broteimer, hinter dem die dicke Frau Momper thront, eine Lehrerin, bei der wir glücklicherweise keinen Unterricht haben. Und gerade wie er in den Eimer greifen will, hebt ihn Frau Momper in unerreichbare Höhen. „Du brauchst ja keine Stulle, du hast ja deinen Daumen“, verkündet sie. Ich erkenne natürlich sofort die erzieherische Absicht, was man von Mathias nicht sagen kann. Der macht ein sehr zerknautschtes Gesicht und brubbelt irgendwas durch sein Lutschgebiß. Frau Momper drückt demonstrativ auf ihren Kugelschreiber. „Willst du ein Pausen-P, oder warum stehst du hier noch rum?“ Nach einigen zaghaften Einwandsbekundungen begreift Mathias die Ausweglosigkeit seiner Situation und trennt sich zerknirscht von den anderen Wartenden.

Im nächsten Augenblick sollte Frau Mompers mehr als zwanzigjährige Erfahrung im Umgang mit aufmüpfigen Schülern deutlich werden. Während Mathias nämlich langsam bis in die hinterste Ecke des Schulhofes trottet, wo Danilo steht, sitzt ihm Frau Mompers geübter Blick ständig im Nacken. Und dort sitzt er auch noch, als Mathias, ohne sich nach der Lehrerin umzudrehen, seinen Zeigefinger zur Stirn führt. Auf eine Entfernung von fünfzehn Metern vermag Frau Momper zu erkennen, von wessen Vogel Mathias Danilo gerade berichtet hat. So kam er doch noch zu einem Pausen-P, womit auch die übrigen Unterrichtsstunden und der Nachmittag gelaufen waren. Mathias zeigte sich derart uneinsichtig, daß er am Abend nicht einmal mehr den Wetterbericht gucken durfte. Er tat mir aufrichtig leid. Nun liegt er da in seinem Bett und saugt sich kühne Träume aus dem Daumen. Wenigstens das ist nicht verboten.

Auch ich neige dazu, seit mir gewisse Möglichkeiten genommen wurden, vor dem Einschlafen in eine Traumwelt zu flüchten, eine Welt, die dem unschuldigen Mathias vermutlich die Schamröte ins Gesicht treiben würde. Zwar sind meiner erotischen Phantasie in Ostdorf nur wenige Anknüpfungspunkte gegeben, aber sie existieren. Ich denke da an Frau Frey, unsere Geographielehrerin, ein Wesen mit bemerkenswerter Oberflächengestalt. Und ich muß vor allen Dingen an die goldenen Hände von Fräulein Breitmeier denken, die leider nicht meine Gruppenerzieherin ist, jedoch hin und wieder beim Morgenappell unseren Hosentaschen auf den Grund geht.

Trotz meiner Erfahrungen aus der Zeit in G. war die erste Taschenkontrolle durch sie eine echte Überraschung für mich. Zuerst wollte mir einfach nicht klar werden, wonach man in einem völlig leeren Stoffbeutel derartig ausdauernd suchen kann. Doch die Dame hat tatsächlich so lange darin herumgefingert, bis sie etwas gefunden hatte. Dann griff sie von der anderen Seite zu, um sich zu vergewissern, ob es noch da war. Da war es sogar noch viel daer. Und schließlich, das nehme ich ihr heute noch übel, ging sie, ohne dem Dasein ein Ende bereitet zu haben, weiter zu Mathias, bei dem sie sich zwar weit weniger lange aufhielt, aber was nützte mir das in diesem Moment.

Ich frage mich, ob sie sich bei einigen der anderen neunundachtzig Jungs auch solche Mühe gibt wie bei mir oder eine Art Blick für die verschwiegenen Genießer besitzt.

Die Verschwiegenheit sollte sich schon zu Zeiten des Ventildienstes in der Wäscherei von G. als eine meiner Haupttugenden herausstellen: Mehr als ein Jahr lang hatte mich Gregor Tag für Tag mit den Schätzen der Weltliteratur vertraut gemacht. Plötzlich jedoch kam zum erstenmal der Augenblick, in dem er es fertig brachte, mitten im Satz das Buch sinken zu lassen und seine Aufmerksamkeit dem aktuellen Geschehen in der Waschküche zuzuwenden. Dieses Geschehen war neu, hieß Anna und hatte wunderbar lange Beine, besonders wenn es sich mit natürlichster Schamlosigkeit nach einem der Wäschekörbe bückte. Dann war das Ende dieser Beine abzusehen, und die Literatur geriet ins Stocken.

Gregor glotzte also, und ich glotzte, weil er glotzte. Da machte sich zwar so was wie eine Ahnung in meinen Beinkleidern breit, aber ohne, daß ich ihr einen Namen hätte geben können. Schließlich war ich noch immer auf der Kinderstation untergebracht. Gregor jedoch wußte, was zu tun war, und er begann damit, der Anna bei der Arbeit unter die Arme zu greifen. Es blieb nicht bei den Armen, und es blieb letztendlich auch nicht beim Druntergreifen.

So kam es, daß die Vorlesungen in der Wäscherei gelegentliche Unterbrechungen erfuhren, ich aber trotzdem einiges dazulernte. Mit Genugtuung dachte ich an meine damaligen Gruppenkameraden, die zur selben Zeit auf einer breitgetrampelten Waldlichtung mit Namen Märchenwiese umhertollten, die Ohren nach dem Pfiff zum Sammeln spitzten und hinter jedem Baumstumpf mit diversen Prinzessinnen rechneten. Jedoch schwieg ich wie ein Grab.

Und den Mund halten zu können gehört, wie gesagt, nach wie vor zu meinen wichtigsten Tugenden, denn neunundneunzig Prozent aller Verstöße gegen die Heimnormen fliegen dadurch auf, daß sie so lange weitererzählt werden, bis sie einem der Erwachsenen zu Ohren kommen. Schwachsinnigen soll man eben nichts anvertrauen.

Die einzigen Ohren, denen ich gelegentlich etwas von meinem Innenleben geflüstert habe, waren die von Herrn Dumpkes dusseligen Karnickeln. Ich hielt deren Größe gerade für angemessen, was die Fülle meiner Probleme anging. Jetzt finde ich die Karnickel nur noch dämlich und erzähle ihnen gar nichts mehr. Sie sind für mich lediglich von wissenschaftlichem Interesse.

Das einzig Gute an der Karnickelfütterei besteht darin, daß ich hin und wieder für einige Minuten allein bin, in der Löwenzahnzeit sogar die Ostdorfer Grünflächen abgrasen darf und somit zu einigen freiheitlichen Anwandlungen komme. Dann pirsche ich mit einem Beutel und ´nem stumpfen Messer los, und schwupp ist das Dorf zu Ende. Am nächsten Tag nehme ich eine andere Richtung, und wieder macht es schwupp. Tags darauf verhält es sich ebenso. Das ganze Ostdorf ist doch tatsächlich nicht größer als das Klinikgelände von G. und dem übrigen Weltgeschehen mindestens genauso entrückt.

Von Zeit zu Zeit kommt es jedoch vor, daß wir gemeinsam mit Frau Zesch zum Zwecke des Bekleidungskaufes auf große Fahrt gehen. Diese Stunden der Bewährung zählen für mich zu den Höhepunkten.

Sie beginnen damit, daß wir noch einmal über die wichtigsten Grundregeln des Verhaltens in der Öffentlichkeit informiert werden, die sich auf zwei Anweisungen reduzieren lassen: „Vergeßt eure gute Erziehung nicht!" Und: „Tut mir den Gefallen und benehmt euch so, daß nicht jeder gleich merkt, wo ihr herkommt!"

Und dann geht es los. Wir formieren uns zur Doppelreihe und marschieren zur Bushaltestelle. In den Bus steigen wir erst, wenn alle anderen Leute eingestiegen sind. Wir üben uns in Schweigsamkeit, werfen kein Bonbonpapier auf die Erde und bieten den unterwegs Zusteigenden freundlich unsere Plätze an. Die Fahrt dauert etwa eine Viertelstunde.

In der Kreisstadt angekommen, verlassen wir zügig den Bus, um wieder in Marschordnung anzutreten. Ich gehe mit Danilo, Fredi geht mit Norbert, Mathias mit Ronny, und ein erhebliches Stück hinter uns schlendert Frau Zesch. Unser Ziel ist der Jugendmodesalon. Unterwegs dürfen wir uns das eine oder andere Schaufenster betrachten, hinter dem Frau Zesch verschwunden ist.

Der Bekleidungskauf selbst kann lange dauern, ist aber meist sehr erfolgreich. Wir werden hier mit prima Klamotten versorgt. Daß sich die Leute in der Stadt nach uns umdrehen, muß also andere Gründe haben. Am Schwachsinn kann es jedenfalls nicht liegen, denn der ist unsichtbar.

Nach dem Einkauf wirken sich die Pakete und Kartons zwar etwas erschwerend auf das Marschieren aus, aber es gelingt uns trotzdem, mit Anstand die Bushaltestelle zu erreichen und nach einer mehr oder weniger langen

Wartezeit eine vorbildliche Rückfahrt anzutreten. Wir verlassen den Bus, und Ostdorf hat uns wieder.

Etwas traurig bin ich darüber, daß ich nie dazu komme, mir die Auslagen des Buchladens anzusehen. Selbstverständlich dürfte ich mir kein Buch kaufen, jedenfalls keines, wo die Schrift mehr Platz einnimmt als die Bilder. Ich würde mich anderenfalls zum Gespött des Kinderheimes machen, ungefähr so wie Nilo mit seinen kleinen braunen, gut gerösteten und extrem koffeinhaltigen Bonbons zu achtfünfundsiebzig, für deren Erwerb er einen ganzen Wandertag lang auf sämtliche Süßigkeiten verzichtet hat.

Gregor hatte es da leichter als ich. Er ohne Buch – undenkbar! Es wäre womöglich ernsthaft seine Entlassung in Erwägung gezogen worden, wenn er mit dem Lesen aufgehört hätte. Aber Gregor wurde nicht entlassen, jedenfalls nicht, solange ich in G. weilte.

Ich glaube, Gregor Mattner war ein glücklicher Mensch, seit er Anna kennengelernt hatte, und es gab keinen Grund mehr für ihn, an Selbstmord zu denken. Mir war Anna auch sehr sympathisch, und ich bilde mir ein, daß diese Sympathie auf Gegenseitigkeit beruhte. Wir haben zu dritt eine Menge sehr schöner Stunden verbracht.

Ich wüßte zu gern, was die beiden sagen würden, wenn sie mich hier in Ostdorf erleben könnten. Es dürfte ihnen schwerfallen, den alten Jakob wiederzuerkennen, Jakob Leising, den anerkannten schwer erziehbaren Hilfsschüler. Ich vermute, sie müßten sich nicht gerade totlachen. Wenn ich in der Lehre bin, werde ich Gregor und Anna mal einen Besuch abstatten. Nach Ostdorf komme ich jedenfalls mit Sicherheit nicht zurück.

Ich begreife manche Jungs nicht, die gerade erst ein Jahr lang aus dem Spezialkinderheim raus sind und plötzlich auf dem Schulhof erscheinen, die Haare gegen den Strich gekämmt und die Brusttasche mit den Zigaretten darin wirkungsvoll in Pose gebracht. Sie sitzen auf der Bank und sind, wenn die Pause beginnt, augenblicklich umringt. Sie fragen: „Ist der noch da? Macht die noch das?“ und lassen sich bestaunen. Sogar einige Lehrer schütteln ihnen die Hand, erkundigen sich danach, was die Lehre macht und wie´s überhaupt so geht, würden gern mehr Zeit haben, vielleicht ein andermal. „Die Pflicht, ihr versteht. Geht doch mal zu Herrn soundso, der wird sich sicher freuen.“ Und sie ziehen sich mit einem freundlichen Lächeln ins Schulgebäude zurück.

Am Nachmittag tauchen die Besucher im Heim auf, irren noch bis zum Fünfzehnuhrbus von Gruppe zu Gruppe, um endlich auf Nimmerwiedersehen zu verschwinden. Sie können sicher sein, in der Jahresabschlußrede des Heimleiters Erwähnung zu finden, waren sie doch der lebende Beweis dafür, daß man sich in Ostdorf wohlgefühlt haben muß.

Zu besonderen Anlässen wie dem Kindertag oder dem Pioniergeburtstag hatten wir in der Tat schon einigen Spaß. Da gibt es Kakao und Kuchen, es werden Spiele gespielt, bei denen man kleine Preise gewinnen kann, und es wird meistens eine Diskothek durchgeführt. Das ist zwar unter Jungs etwas ulkig, aber es geht.

Im letzten Jahr wurden fünf Mädchen aus der Hilfsschule der Kreisstadt rangeschafft, um die Festlichkeit etwas lebensnäher zu gestalten. Zwei Stunden saßen die armen Mädels völlig unberührt in der dunkelsten Klubraumecke, zwei Wochen wurde von nichts anderem geredet als von diesem Freundschaftsbesuch. Wir hatten einfach alle nicht mit der plötzlichen Möglichkeit gerechnet, Zugriff aufs weibliche Geschlecht zu haben.

Ein Mordsspaß ist auch immer das Drachenfest, welches jedes Jahr im Oktober stattfindet. Schon Wochen vorher wird in den Gruppenbereichen konstruiert und gebastelt, bemalt und trockengeübt. Jeder bildet sich ein, daß sein Drachen alle Flugrekorde brechen wird. Und die meisten Drachen brechen dann tatsächlich. Bevor das geschieht, spielen sich aber noch mehr oder weniger lange Kämpfe zwischen Mensch und Material ab. Die Flugmaschinen werden von ihren Besitzern mit ungeheurer Ausdauer über die Wiese geschleift, in die Luft geworfen, miteinander verfitzt und im Eifer mit Füßen getreten, bis endlich alles in Fetzen ist. Dann erst hat die Begeisterung ihren Höhepunkt erreicht.

Und nun liegen die Drachentöter in ihren Betten und träumen von neuen Taten, während ihr Kamerad Jakob Leising in die Nacht lauscht und sein bisheriges Leben Revue passieren läßt. Nicht ohne Wehmut führe ich, ein mittlerweile anerkanntes Mitglied einer Gesellschaft von Schwachsinnigen, mir die Stationen meines Werdegangs vor Augen und kritzele dabei Schulheftseite für Schulheftseite voll. Alle Welt außer mir scheint zu pennen. Nichts ist zu hören, bis auf das Atmen meiner fünf Zimmerkameraden und den Applaus der klammen Fahnen auf dem Appellplatz. Jetzt stünde mir der Sinn nach einem Stündchen Ventildienst.

„Bis wo hatte ich vorgelesen?“ würde Gregor fragen. „Zweites Kapitel? – Ich bin schon beim siebenten.“ Und dann hätte er mir die fehlenden Abschnitte im Schnelldurchlauf erzählt, bevor es richtig weiterginge. Ab und an käme die Anna mal auf einen Sprung vorbei, „Ihr habt ein Leben!“, und Gregor dürfte ihr eine Zärtlichkeit aus dem Wäschewagen reichen, daß sie das Quieken ankäme. Hoch leben alle kaputten Ventile und Hüften! Nieder mit den Klempnern!

Die Reparatur der Waschmaschine war ein Schlag für uns. Dreimal haben wir den erneuten Verschleiß des Ventils künstlich beschleunigt. Dann kam man uns auf die Schliche. Ich sollte umgehend von den weichen Wäschebergen zum harten Gruppenleben zurückkehren, und das wollte ich auf keinen Fall. Was interessierte mich die sogenannte Märchenwiese. Sie war es einfach nicht wert, daß ich meine teuren Gelenke strapazierte. Lieber Dr. Lenz, dachte ich, wenn mir in diesem Fall überhaupt einer helfen kann, dann du. Sei so gut und laß dir etwas einfallen! – und tat, als könnte ich plötzlich keinen schmerzfreien Schritt mehr gehen. So wurde ich über Nacht zu einem Rollstuhlfahrer.

Vormittags vier Stunden Schule bei Brückner und Konsorten, nachmittags Ausfahrt – das war mein neuer Tagesablauf.

Gregor brachte man in einer Brigade von Patienten unter, deren Tagwerk darin bestand, Stöpsel mit winzigen Löffeln daran in Glasröhrchen zu pfropfen.

Wenn ich früh meine vier Schulstunden absaß, mußte ich immer daran denken, daß er im Keller irgend eines Gebäudes hockte und sich im Schweiße seines Angesichts als Stuhlprobenvorbereiter betätigte. An die Entbehrungen, die Anna erleiden mußte, mochte ich gar nicht denken. Wir hatten uns alle nicht gerade verbessert.

Hätte ich damals geahnt, als welch nutzbringendes Gerät sich mein Rollstuhl wenig später entpuppen sollte, wäre ich weniger streng mit dem Schicksal ins Gericht gegangen. Meist läßt sich einfach nicht voraussehen, wozu eine Sache noch gut sein kann.

Als mich Dr. Lenz hier in Ostdorf ablieferte, hätte ich verrückt werden können vor lauter Verzweiflung. Mittlerweile hat sich dieses Gefühl gelegt. Ich habe gelernt, überall, wo es Punkte oder gar Kringel zu holen gibt, zu denselben zu kommen.

Das Geheimnis meines Erfolges besteht darin, daß ich meinen Vorgesetzten mit einem Höchstmaß an Einfühlungsvermögen gegenübertrete, denn jeder Erwachsene ist eine Persönlichkeit für sich und bedarf also einer individuellen Behandlung. Wer diesen Grundsatz nicht beachtet, drängt manche Lehr- oder Erziehkraft in einen heftigen Konflikt, der üble Folgen haben kann.

Nehmen wir als Beispiel die tägliche Erstbegegnung, also jenen Augenblick, in dem man sich als wohlerzogener Mensch ein „Guten Tag!“ oder dergleichen abringen sollte:

Unsere Fürsorgerin, die Dame, an deren Busen ich unmittelbar nach meiner Ankunft einige Sekunden verweilen mußte, begrüße ich meist aus möglichst großer Entfernung. Sie tritt mit einem Stapel Akten unter dem Arm aus dem Büro, und in dem Moment, wo meine Augen erkennen können, daß sie es ist, singe ich in einer eigens für sie ersonnenen Melodie ein „Frau Mondler!“ über das Heimgelände, als befänden wir uns im Kino und die beliebte Hauptheldin würde gerade die Bildfläche betreten. Das mag sie.

Bei Herrn Storch, dem Erziehungsleiter, bietet es sich an, ganz dicht an ihn heranzutreten, damit er einem über den Kopf streichen kann, nachdem er neben dem „Guten Tag!“ mit einer guten Nachricht wie: „Ich freue mich schon so auf die Jugendstunde“ überrascht worden ist.

Für Herrn Bayer habe ich eine Taktik entwickelt, die sich leider nur unter gewissen Umständen verwirklichen läßt, nämlich dann, wenn noch andere Lehrer bei ihm stehen. Ich gehe an der Gruppe vorbei und sage: „Guten Tag, Herr Bayer!“ Das ist zwar nicht höflich den übrigen

Lehrern gegenüber, aber bei Herrn Bayer haben wir nun mal den meisten Unterricht.

Frau Momper grüße ich grundsätzlich nicht, weil sie im Laufe ihrer langen Dienstzeit etwas mißtrauisch geworden ist. Sie legt auch keinerlei Wert auf unsere Wünsche.

Dem Heimleiter versuche ich, wenn möglich, gar nicht erst zu begegnen. Bei ihm weiß man nie, in welchem Zustand sich sein Innenleben gerade befindet. Und wenn er in der Stimmung ist, in der er meistens ist, kann auch mein freundlichster Gruß nichts daran ändern.

Unser Schulleiter dagegen ist immer freundlich, aber gleichzeitig so in seine Aufgaben vertieft, daß es sich gleich bleibt, ob ich gar nichts sage oder „Gute Nacht!". Er würde es wohlwollend überhören.

So ließe sich die Reihe fortsetzen.

Meine Kameraden sind leider nicht zu solch einem wohldurchdachten Herangehen wie ich in der Lage, wodurch ihre Erfolgserlebnisse zwangsläufig dünner gesät sind. Bei einem derartig gestörten Wenn-du ist das kein Wunder. Sie stümpern sich durch die Woche, ecken hier an und dort an, verärgern diesen und jene und kommen aus dem Staunen nicht heraus, wenn sie am Montagmorgen nicht gelobt werden können.

Der einzige aus meiner Gruppe, der, von mir selbst abgesehen, hin und wieder ein Wochenlob erhält, ist Fredi. Mit ihm gibt es so gut wie nie Schwierigkeiten. Ich frage mich, auf welch verschlungenen Wegen er überhaupt hierher gekommen ist. Fredi zeichnet sich durch abgrundtiefe Gutmütigkeit und unbedingten Gehorsam aus. Vermutlich wird er noch in zehn Jahren auf die Frage, wie fleißig er gewesen ist, antworten: „Ich kann einen Punkt bekommen" und dabei verschämt den Blick senken.

Da ich gerade beim zweiten Bett bin, will ich auch Ronny nicht übergehen. Er ist ein Sonderfall. Zwar erfüllt er einerseits die Normen des Heimes nur mäßig, genießt aber andererseits bei Herrn Dumpke gewisse Privilegien, um die ihn mancher beneidet. Zwischen Ronnys Eltern und Dumpkes scheint ein ziemlich enges Verhältnis zu bestehen. Sie kommen nie mit leeren Taschen nach Ostdorf und fahren nie zurück, ohne zuvor ein Stündchen bei dem Erzieherehepaar eingekehrt gewesen zu sein. Es gibt also für Ronny keinen Anlaß, sich übermäßig anzustrengen.

Einmal im Monat, an einem Samstag, finden diese Elternbesuchstage statt. Innerhalb weniger Stunden verwandelt sich dann die Dorfstraße in einen langen Parkplatz. Mütter, Väter, Großmütter, Großväter, Onkel, Tanten und Geschwister entsteigen den verschiedenartigsten Gefährten und bewegen sich zur Schule, wo sie ihre Anverwandten umgehend in Empfang nehmen dürfen.

Mit jeder Unterrichtsstunde werden die Klassenräume leerer. Am Ende des Vormittags hocken nur noch die Elterngelösten in den Klassenzimmern, zusammen mit denjenigen, deren Eltern sich diesmal offenbar nicht zu einer Reise nach Ostdorf entschließen konnten.

So oder so gibt es Tränen. Die einen heulen, weil sie irrtümlicherweise mit Besuch gerechnet hatten, die anderen heulen, weil der Besuch wieder weggefahren ist. Am besten ergeht es noch denen, die ohnehin niemanden zu erwarten hatten. Wer nichts besitzt, hat auch nichts zu verlieren. Trotzdem drücken wir uns nicht ohne Neid die Nasen an den Fenstern des Schlosses platt und beobachten unsere Kameraden nebst Anhang bei ihren Spaziergängen.

Jetzt müßte Gregor auftauchen, denke ich jedesmal, aber natürlich kommt er nicht. Vermutlich sitzt er noch immer in diesem Keller in G. und stöpselt sich die Finger wund, während sich Anna in ihrer unnachahmlichen Art nach den Wäschekörben bückt, ohne daß jemand ein Auge dafür hat.

In den ersten Tagen meiner Rollstuhlära habe ich Gregor nicht ein einziges Mal zu Gesicht bekommen. Das war eine beinahe unerträgliche Situation. Glücklicherweise passierte eines Tages die Sache mit dem Besenschrank:

Wir hatten einen neuen Patienten in die Gruppe bekommen, einen unglaublich vitalen Burschen, der ständig nach seiner Mama krähte. Es war kaum auszuhalten mit ihm. Er spuckte, was die Speicheldrüse hergab, brüllte bis zur Atemnot und versuchte so ziemlich jeden Gegenstand, den er in die Finger bekam, als Wurfgeschoß zu benutzen. Die Verantwortlichen waren also mit seiner Betreuung ziemlich ausgelastet.

Wenn es gar nicht mehr ging, mußte jemand von uns einen Arzt holen, um dem Kerl etwas Ruhe durch die Kanüle drücken zu lassen. Aber diesen Schritt leiteten die Erzieher nur äußerst ungern ein. Ich glaube, es war ihnen immer etwas peinlich, sich von der Medizin unter die Arme greifen lassen zu müssen. Deshalb schöpften sie in der Regel erst alle Möglichkeiten der Ruhigstellung aus, die in ihren eigenen Händen lagen.

Unserem Neuling schien jedoch wieder einmal ohne Spritze nicht beizukommen zu sein. Ich bot mich schon an, die verpönte Hilfe zu holen, doch der Diensthabende brüllte mir eine abschlägige Antwort ins Ohr, wand seinen Arm um die Gurgel unseres Sorgenkindes, daß dem das Krähen im Halse steckenblieb, und schleifte es aus dem Gruppenraum. Nach einigen Minuten kam er allein zurück, und wir verbrachten den Rest des Tages in himmlischer Ruhe. Es war ein Freitag.

Am Sonnabend und Sonntag hatte ein anderer Dienst. Wir verlebten zwei friedliche Tage. Wäre nicht zufällig Wochenende gewesen, hätten die Putzfrauen sich beim Öffnen ihres Besenschrankes zu Tode erschrecken können.

Aber der Geräteraum und der Besenschrank blieben vierundsechzig Stunden lang geschlossen, bis Montag früh um sieben. Da war der Erzieher vom Freitag wieder da. Er rechnete nicht damit, daß ich, Jakob Leising, bereits, einer Ahnung folgend, meine Nachtruhe beendet hatte und ihn von der Toilette aus beobachtete. Er betrat ganz gemächlich den langen Flur, kratzte sich vorn an der Hose, und urplötzlich stand sein Mund sperrangelweit offen. Ihm war etwas Wichtiges wieder eingefallen.

Eigentlich wollte ich mich gar nicht bemerkbar machen, aber als ich dann sah, wie ruhig mein ansonsten so munterer Gruppenkamerad auf dem Grund des Besenschrankes kauerte, interessierte es mich doch, ob er noch lebte.

Nachdem sich sein Kerkermeister von dem Schreck, den ihm meine Anwesenheit eingejagt hatte, erholt hatte und wieder Leben in den Besenschrank gekommen war, teilte er mir mit, daß ich vergessen sollte, was ich gesehen hatte.

Zunächst wollte ich ihm nicht widersprechen, jedoch im Laufe des Tages drängte sich mir der Gedanke auf, meine Verschwiegenheit an gewisse Bedingungen zu knüpfen, die ich ihm schließlich mitteilte. Es blieb ihm nichts anderes übrig, als darauf einzugehen.

Als ich am Abend Gregor auf seiner Station besuchte, gab es ein großes Hallo. Und ich besuchte ihn nicht nur einmal. Immer wenn der Erzieher, der an mein Gedächtnis appelliert hatte, Dienst tat, bekam ich mein Stündchen persönlicher Freizeit, das ich regelmäßig bei Gregor verbrachte. Es war zwar nicht dasselbe wie Ventildienst, aber besser als gar nichts.

Die ganze Sache hatte nur einen Nachteil: Mit der Vorleserei klappte es nicht mehr so gut. Zum einen waren wir nicht ungestört genug, zum anderen fehlten mir immer derartig viele Kapitel, daß Gregor das Nacherzählen zur Qual wurde.

Diese mißliche Situation brachte meinen Freund auf eine Idee, die ich ihm nie vergessen werde: „Versuch doch selbst mal zu lesen!"

Mit Gregors Hilfe erkannte ich innerhalb weniger Wochen, daß man mit den neunundzwanzig Buchstaben, die Brückner uns beigebracht hatte, noch ganz andere Sätze lesen kann als „Moni malt eine Maus". Das kam einem Schnitt durch die Nabelschnur gleich.

Drittes Heft

Ostdorf ist die Endstation.

Das Milchauto wendet und kehrt in die Stadt zurück. Es kommt jede Nacht um diese Zeit. Ich höre, wie der Fahrer die Kästen umlädt, das Auto startet und macht, daß er wegkommt. Morgen früh werden die Jungs der Gruppe vom Dienst versuchen, sie heil in die Küche zu tragen.

In der kalten Jahreszeit bekommen wir unsere Pausenmilch erst beim Mittagessen, damit wir uns nicht den Magen verderben. Man ist besorgt um unser leibliches Wohl, so besorgt, daß die Wand im Speisesaal durch eine Merktafel mit der Überschrift „Wie wir unsere Mahlzeit einnehmen" verziert wird.

Besonders gefällt mir die sechste der elf Regeln: „Wir vermeiden beim Essen übergroße Erregung wie Ärger oder Freude." Immer wenn ich bei ihr anlange, habe ich sie bereits fünfmal gebrochen. Selbstverständlich nur im stillen, denn sonst könnte der Erzieher auf den Gedanken kommen, ich sei satt, und mir gestatten, umgehend aufzustehen. Dieser Aussicht ist es wohl auch zu verdanken, daß die beste Disziplin im Speisesaal herrscht.

In G. waren die Mahlzeiten die Glanzpunkte des Tages, jedenfalls für meine Kameraden. Aber auch die Erzieher schienen der Esseneinnahme eine derartig große Bedeutung beizumessen, daß sie sie immer möglichst weit in die Länge zogen. Ich hatte zumindest mittags nichts dagegen einzuwenden, denn je eher wir mit dem Essen fertig waren, desto länger mußte ich mich auf der Märchenwiese rumdrücken oder, bei unignorierbar schlechtem Wetter, Schwarzer Peter und Mensch-ärgere-dich-nicht spielen. Das waren keine erbaulichen Aussichten, also kaute ich langsam und mit Bedacht, wie es die zweite Ostdorfer Essensregel besagt, die ich natürlich damals noch nicht kannte.

Zum Lesen kam ich nur zweimal am Tag: vormittags während des Unterrichts und abends im Bett. In beiden Fällen war die Sache wenig problematisch. Die läppischen Aufgaben, welche Brückner uns stellte, erledigte ich in Windeseile und wandte mich umgehend wieder meiner Lektüre zu. In der Nacht verhielt es sich noch einfacher, denn für die ganze Station war nur eine Wache zuständig, und die saß weit weg im Wachzimmer.

Mit Büchern wurde ich von Gregor versorgt, der einen bemerkenswerten Literaturfundus besaß. Es gelang mir also, den Grad meiner Belesenheit täglich um ein nicht geringes Stückchen zu erhöhen. So läßt es sich leben, dachte ich, aber dann griffen Gregor und die Hüfte wieder einmal derart nachhaltig in den Lauf meines Schicksals ein, daß ich das Staunen kriegte:

Eines Abends sprach mich Gregor an: Er habe einen Bekannten drüben, in der Stadt, einen Studenten, mit dem er mal zur Schule gegangen sei. Dieser Bekannte nun hätte ein Problem, zu dessen Lösung ich der Schlüssel sein könnte. Zwar wäre ich eigentlich nicht der Richtige, doch rein äußerlich schon, außerdem würde ich einen ziemlich großen Nutzen von der Sache haben.

„Du fährst doch noch mit dem Rollstuhl?"

Ich bejahte.

„Und du willst doch mal was sehen von der Welt?"

Klar wollte ich das. Daraufhin erklärte mir Gregor, worum es ging.

Sein ehemaliger Schulkamerad benötigte für irgendeine Forschungsarbeit einen Menschen, der an den Rollstuhl gefesselt war. Das konnte man von mir zwar nicht gerade sagen, aber bei der Aussicht, mal aus der Klinik rauszukommen, war ich ohne weiteres bereit, die in mich gesetzten Erwartungen zu erfüllen.

Ich habe keine Ahnung, wie er das mit der Erlaubnis geregelt hatte, jedenfalls stand er eines Nachmittags auf der Märchenwiese, erklärte, daß er Bernd heiße, durch Gregor schon viel von mir gehört habe und sich über meine Bereitschaft, ihm zu helfen, sehr freue. Dann schob er mich noch ein bißchen durch die Gegend, plapperte am laufenden Band, um sich schließlich bis zum nächsten Nachmittag zu verabschieden. Vermutlich wollte er mich bei unserer ersten Begegnung nicht gleich überlasten.

Am Tag darauf kam er wieder. Ich hatte mir schon etwas Warmes angezogen und in meinem Vehikel Platz genommen.

„Hat dir Gregor gesagt, um was es geht?“ fragte er, während er mich in Richtung Bushaltestelle bugsierte.

„Um Forschung“, entgegnete ich.

„Ganz genau, es geht einfach darum herauszubekommen, wie behindertenfreundlich unsere Stadt eingerichtet ist.“

„Wozu das?“

„Damit es euch eines Tages besser geht.“

„Es geht uns also schlecht?“

„Ich vermute es.“

Mit großer Gewissenhaftigkeit bemühte er sich den ganzen Nachmittag über darum, seine Vermutung bestätigt zu finden. Er hatte einen Fotoapparat dabei, und immer, wenn ich ohne seine oder wir ohne fremde Hilfe nicht weiterkamen, fotografierte er voller Begeisterung den Rollstuhl und mich: Jakob vor dem Bus – Jakob am Fuße einer großen Treppe – Jakob unter dem Fahrkartenschalter auf dem Bahnhof – Jakob vor einer Telefonzelle – Jakob in einem Packwagen der Deutschen Reichsbahn – und – Jakob mit öffentlicher Bedürfnisanstalt im Hintergrund.

Diese Stadt war eine Wucht. Immerhin hatte ich die Klinik noch niemals verlassen. Der Ausflug war somit für beide Beteiligte ein voller Erfolg.

Am Abend im Bett war ich hellwach und grübelte darüber nach, was ich tun könnte, um öfter mal so ein Gefühl von Welt zu empfinden. Aber jedes Ding braucht seine Zeit.

Im Augenblick kann ich gar nichts weiter tun, als so zu bleiben, wie man es von mir gewöhnt ist. Es gibt nämlich nicht nur verlockende Perspektiven für Jakob Leising. Sollte ich mich doch noch als sehr böser Bube entpuppen, bei dem zweieinhalb Jahre Umerziehung nicht gefruchtet haben, könnte ich umgehend zum Werkhofskandidaten avancieren, und dieser Gedanke löste keine Begeisterung in mir aus. Perspektive war eines der Lieblingsfremdwörter unseres Heimleiters. „Es geht um eure Perspektive, Jungs, nicht um meine!“ drohte er, und Danilo lief umgehend das Wasser im Mund zusammen. Sein Gaumen ahnte, daß Perspektive etwas sein mußte, dessen Verlust bedauerlich wäre.

Ebensowenig Lust, wie ich auf den Werkhof verspüre, habe ich auf die Einordnung in eine neue intellektuelle Kategorie. Wer weiß, was man mit mir anstellen würde, wenn Zweifel an meinem Schwachsinn aufkämen. Also bleibe ich vorläufig, wie ich nicht bin. Das wird ja wohl noch sieben Monate auszuhalten sein.

Im Grunde ist es mir ganz recht, noch ein paar Tage in Ostdorf weilen zu dürfen. So kann ich wenigstens meine wissenschaftlichen Untersuchungen mit Herrn Dumpkes Karnickeln vorantreiben. Ich habe schon viel Zeit und Mühe darin investiert, die Tierchen zu bescheidenen Erfolgen zu führen. Selbstverständlich sind sie stockdumm, aber gerade dadurch bekommen meine Experimente erst die richtige Würze. Der Forschungsauftrag, bei dem ich Gregors Bekanntem geholfen habe, war dagegen Kinderkram. Aber wenigstens sollte er mir noch einige Male ermöglichen, der Klinik für Stunden die Rücklichter zuzukehren.

Eines Nachmittags, ich saß glücklicherweise zufällig in meinem Rollstuhl, erschienen vier junge Damen in der Station, die von dem innigen Wunsch beseelt waren, mich mit sich zu nehmen, sozusagen aus Dankbarkeit für mein Entgegenkommen ihrem Mitstudenten Bernd gegenüber, dessen Fotos demnach gut gelungen sein mußten. Ich hatte gegen einen derartig aussichtsreichen Vorschlag nichts einzuwenden, ließ mir von den vieren in Mütze und Handschuhe helfen, und los ging´s. Sie wechselten sich alle Augenblicke beim Schieben ab, erzählten und machten alberne Witze, kurz: waren sehr um meine Erbauung bemüht.

Mehrmals begegneten wir in der Stadt irgendwelchen Kommilitonen, die sich geradezu darum rissen, in anteilnehmender Manier meine Hände zu schütteln. Das gefiel mir.

Scheinbar hatten die Damen große Freude an der Rumschieberei, denn es verging von diesem Tag an keine Woche mehr, in der sie mich nicht wenigstens einmal zu einer Ausfahrt abgeholt hätten. So roch ich von meinem Vehikel aus in das Studentenleben, welches aus nichts weiter als Spazierengehen, Einkaufen, Kaffeetrinken und Händeschütteln zu bestehen schien.

Monate später sollte sich herausstellen, daß meine vier Studentinnen ihrer Zeit weit voraus, also Pioniere gewesen waren. Solange ich das einzige Halstuch blieb, hatte ich nichts dagegen. Aber als ich mich keine hundert Meter mehr schieben lassen konnte, ohne anderer Rollstühle gewahr werden zu müssen, die nicht minder umringt waren als der meine, und man mir zu allem Überfluß auch noch ständig Begegnungen mit meinen Leidensgenossen verschaffen wollte, als also das allgemeine Rollstuhlschieben in vollster Blüte stand, bekam ich langsam einen Groll auf die Schieberinnen und Schieber. Mein Unmut wuchs mit jeder Ausfahrt und sollte eines denkwürdigen Winterabends ungeahnte Kräfte in mir freisetzen.

Sie hatten sich an diesem Tage selbst übertroffen, was die Pietät ihrer Einfälle betraf: Asiatisches Essen im Studentenwohnheim, das Zimmer mit Räucherkerzen vernebelt, fremdländische Musik aus dem Kassettenrecorder und als Krönung stachelige Reisstrohmatten. Darauf setzten sie mich, nachdem es ihnen gelungen war, meine Beine in muskelzerreißender Weise miteinander zu verknoten. Dann quälten sie sich ebenfalls solcherart auf den Fußboden, um mich wenig später, als sie es vor Schmerzen nicht mehr auszuhalten glaubten, lauthals ob meiner fühllosen Gliedmaßen beneiden zu dürfen, die ich mittlerweile tatsächlich schon fast nicht mehr spürte.

Einen Tauben zu einem Stummfilm einzuladen wäre nicht weniger originell gewesen. Was um alles in der Welt tust du hier eigentlich, fragte ich mich, während meine unteren Extremitäten endgültig im Absterben begriffen waren, und ließ den Blick ein letztes Mal über die besorgten Antlitze meiner vier Studentinnen streifen. Dann begann ich damit, den Knoten zu entwirren: Ich streckte langsam das linke Bein aus, massierte es vorsichtig mit beiden Händen, ließ den Fuß etliche kreisende Bewegungen machen und schüttelte das tot geglaubte Körperteil, bis endlich wieder Leben in jeder Faser war. Danach vollzog ich dasselbe Zeremoniell mit dem rechten Bein.

Schon bei der Wiederbelebung des linken Beines meinte ich, ein reges Interesse von seiten meiner Gastgeberinnen verzeichnen zu können. Beim rechten Bein schien es mir, als genösse ich bereits ihre ungeteilte Aufmerksamkeit. Geradezu gefesselt, wie vor den Kopf geschlagen, sprachlos und kuhäugig aber waren sie, als ich, ihr Schützling, als wäre es das Selbstverständlichste von der Welt, plötzlich aufstand und ging.

Ich habe diesen Schritt in den Wochen darauf bitter bereut. Doch das Leben in G. sollte noch zahlreiche andersartige Abwechslungen für mich bereit halten, die ich damals zum Teil nicht einmal ahnen konnte.

Und mitten auf dem Gipfel meiner Freuden kommt Brückner, das Schwein, daher, sagt: „Wenn´s am schönsten ist, soll man aufhören“, meint nicht etwa sich damit, sondern mich, und bums rollt ein Auto gen Osten, bis es nicht mehr weitergeht. Mein Heim ist mein Schloß.

Das Heim ist ein Schloß, und in diesem Schloß hat soeben die Geisterstunde begonnen, die beste Zeit für eine haarsträubende Geschichte:

Sie begann in einer Nacht im September des vorigen Jahres. Wir lagen seit langem in unseren Betten, meine Kameraden schienen bereits zu schlafen, ich lauschte in die Nachtruhe. Alles war wie immer. Die Bettnässer wurden geweckt, das Milchauto kam, die Fahnen auf dem Appellplatz applaudierten.

Da bildete ich mir plötzlich ein, das Geräusch eines fahrenden Zuges zu hören. Die Räder schlugen ihren Rhythmus, die Lokomotive blies hin und wieder ein lautes Signal aus.

Ich zweifelte keinen Moment daran, daß alles nur Einbildung sein konnte, denn weit und breit gab es keine Bahnstation. Ich hielt mir die Ohren zu – der Zug war nicht mehr zu hören. Ich gab die Ohren wieder frei – der Zug fuhr weiter, fuhr noch einige aufregende Minuten, bis er in der Ferne verschwand. Am nächsten Tag fragte ich meine Zimmerkameraden, aber sie hatten nichts gehört. Ich schien geträumt zu haben.

In der Nacht darauf wurde ich abermals von dem Geräusch geweckt. Es war so deutlich zu vernehmen wie zuvor. Diesmal verlangsamte der Zug zwischendurch sein Tempo, die Bremsen kreischten, er kam zum Stehen. Türen wurden geöffnet, eine Glocke ertönte, danach eine Lautsprecherstimme: „Ostdorf, alles aussteigen, dieser Zug endet hier!“ Ich meinte, die Schritte von Menschen zu hören, darauf wieder Türgeräusche, und dann setzte sich der Zug abermals in Bewegung, wurde leiser und leiser. Und wieder war ich der einzige, der etwas davon mitbekommen hatte.

In der dritten Nacht tat ich von vornherein kein Auge zu. Und der Zug kam erwartungsgemäß, nur diesmal spielte sich auch einiges in seinem Innern ab, denn ich wurde Ohrenzeuge einer Fahrkartenkontrolle. Der Schaffner hatte gerade jemanden beim Wickel, der ohne Fahrschein mitgefahren war, und diskutierte lautstark mit diesem Reisenden. Das kann dauern, dachte ich, und verließ möglichst leise mein Bett.

Auf Zehenspitzen schlich ich aus dem Schlafraum, lief über den Flur unseres Gruppenbereiches auf den Hauptflur, bis ich am Fuße der großen Holztreppe stand, an deren oberen Ende ich plötzlich eine große Gestalt wahrnahm.

Es war der Nachtwächter, der mir durch ein Zeichen zu verstehen gab, daß ich keinen Ton von mir geben sollte.

Da standen wir nun und hörten uns an, wie der Schaffner das Strafgeld kassierte. Wir hatten jetzt den Zug genau zwischen uns. Er mußte sich in dem Verschlag unter der Treppe befinden.

Unsere Vermutung erwies sich als richtig. Timm, einem Jungen aus der damaligen achten Klasse, war es in einem Zustand zwischen Schlaf und Wachsein gelungen mit seinen Lippen und Händen all diese täuschend echten Eisenbahngeräusche zu erzeugen.

Ich behielt den Vorfall für mich, aber am nächsten Tag wußten alle davon. Und da die Erzieher an Timms Qualitäten nicht so ohne weiteres glauben wollten, bestellten sie ihn in ihr Dienstzimmer.

Es hieß, Timm zierte sich zunächst, mitten am Tag Eisenbahn zu spielen. Da besorgten sie ihm ein Schaffnerspiel mit Mütze, Kelle, ein paar Fahrkarten und einer Lochzange. Von da an startete er zu jeder gewünschten Zeit den Zug.

Timm war zufrieden – bis ihm die Fahrkarten ausgingen. Er meldete sich im Erzieherzimmer und verlangte Nachschub. Man war gerade in geselliger Stimmung, und jemand erzählte ihm von der Türkei, wo anstelle der Fahrkarten die Ohrläppchen der Reisenden gelocht würden.

Ich werde niemals das Geschrei vergessen, von dem wir in der folgenden Nacht aus dem Schlaf gerissen wurden. Bald darauf kam Timm in eine spezielle Klinik. Vielleicht – es ist ihm zu gönnen – hatte er ja dort so viel Spaß wie ich seinerzeit in G.

Im Laufe meiner ersten Jahre in G. hatten sich an mir einige wesentliche Veränderungen vollzogen, deren Auswüchse beim Betrachten meines nackten Spiegelbildes nicht zu übersehen waren. Nun war ich aufgrund meiner enormen Belesenheit durchaus in der Lage, die Funktion gewisser

Körperteile richtig einzuordnen, doch hatten sich mir noch keinerlei Anwendungsmöglichkeiten aufgetan, ja, ich wußte mir noch nicht einmal selbst zu helfen. Jenes Handwerk, das mir damals als erstrebenswerte Kunstfertigkeit erschien, erscheint mir heute als billiger Ersatz, aber was bleibt mir übrig. Zumindest kann ich mich rühmen, meine Bedürfnisbefriedigung kultiviert zu haben. Ich gehöre nicht zu den Leuten, die sich fünf Minuten vor Beginn der Geographiestunden mit dem Ständer in der Hand im Kartenraum erwischen lassen. Freilich, jeder hat mal klein angefangen. Meinen Anfang habe ich wiederum Gregor zu verdanken, Gregor und seinem berüchtigten Dampfkino:

Eines Abends, ich war gerade auf einen Plausch bei ihm, tauchten zwei unserer schwachsinnigen Gärtner auf, brubbelten hinter vorgehaltener Hand irgendwas von Kino, wann das denn wieder mal sei und welcher Film denn liefe. Gregor grinste. Dann sagte er, daß er bei entsprechender Bezahlung einen ganz besonderen Film zu bieten habe, der ganz neu im Angebot sei, eine Verfilmung nach Anton Tschechow. Und er bestellte die beiden zu einundzwanzig Uhr in die Wäscherei.

Ich verstand kein Wort und konnte Gregor auch nicht dazu bewegen, mir zu erklären, was es mit dem Kino auf sich habe. Meine erhebliche Neugier hatte zur Folge, daß ich zum erstenmal in meinem Leben die heilige Nachtruhe aufs gröbste entweihte, indem ich kurz vor neun den Schlafraum durch das Fenster verließ.

Tatsächlich war die Waschküchentür unverschlossen, Gregor mußte demnach einen Schlüssel dafür besitzen. Leise betrat ich den mir so vertrauten Raum.

Zuerst sah ich gar nichts, dann erkannte ich an der hinteren Wand der Waschküche zwei nackte Ärsche, die planetengleich in der Dunkelheit schwebten, allerdings für Planeten einen etwas unruhigen Eindruck machten. Jetzt erblickte ich auch Gregor. Er hockte in einem Wäschewagen und winkte mich heran. „Hat dich jemand gesehen?“ Ich verneinte, setzte mich und staunte die beiden Gärtnerärsche an, die mit der Zeit immer unruhiger wurden, plötzlich stillstanden und kurz darauf langsam die Wand heruntterglitten.

Nachdem die Gärtner davongeschlichen waren, nahm mich Gregor bei der Hand, zog mich zum hinteren Ende des Raumes und bestieg mit mir einen Berg aus Wäschesäcken. Und dann spähten wir gemeinsam durch zwei Löcher in den benachbarten Duschraum, wo noch immer der schöne Film „Drei Schwestern“ lief, der einen nachhaltigen Eindruck auf mich ausübte, ja eine entscheidende Bereicherung meines Daseins auslöste.

Ich wurde zu einem begeisterten Anhänger von Gregors Dampfkino, das ich selbstverständlich stets kostenlos besuchen durfte. Auch fühlte ich mich dort von Anfang an zu Hause, denn schließlich hatte einst meine geistige Wiege in der Wäscherei gestanden.

In Windeseile entwickelte ich mich vom Kunden zum Mitbesitzer des Etablissements. Meine Stärke lag im Rühren der Werbetrommel, wobei mir meine Belesenheit sehr zugute kam.

Zunächst erforschte ich mit großer Sorgfalt die hygienischen Gewohnheiten der Schwestern, Ärztinnen und anderen weiblichen Mitarbeiterinnen und erarbeitete nach Genuß zahlreicher Duschszenen einen detaillierten Vorstellungsplan.

Darauf machte ich mich daran, die Weltliteratur nach treffenden und zugleich verlockenden Titeln für die verschiedenen Aufführungen zu durchforsten. Besonders die Gärtner waren immer ganz hin, wenn sie nur meine Ankündigungen hörten: „Die Göttinnen“ oder „Walzwerk“. Das waren in der Tat zugkräftige Namen. Einmal hätte es beinahe Mord und Totschlag gegeben, als ich die Vorstellungskraft der Kinofreunde mit der an sich harmlosen Ankündigung „Blick auf die Vogesen“ überstrapazierte.

Unser Dampfkino war eine lohnende Einnahmequelle. Wir legten so gut wie alle unsere Einkünfte in Büchern an, die uns Anna in der Stadt besorgte. So gelang es uns, das Angenehme mit dem Nützlichen zu verbinden.

Jetzt sieht die Sache ganz anders aus, jetzt stehe ich unter der Dusche und muß mir die Kommentare anhören, welche Frau Zesch in die Dampfwolken röhrt: „Dreh dich bloß um, Nilo, oder soll ich mir die Augen verderben?! – Norbert! Mach dich dichter an die Tür, nicht daß du wieder auf dumme Gedanken kommst! – Guckt euch den Nuckelheinrich an, der steht da, als wollte ihm jemand sein albernes Gerät abschneiden! So‘n kleines Messer gibt´s doch gar nicht. – Macht bloß hin, ihr Lämmerschwänze, die anderen Gruppen wollen auch noch den Schmant runterspülen!“ Und dann dreht sie an den Hähnen, daß mir abwechselnd heiß und kalt wird.

Mit schmalen Handtüchern um die Hüften und Frau Zesch im Nacken springen wir wenig später quer über den Appellplatz von einem Flügel des Schlosses zum anderen zurück in unseren Gruppenbereich. Der Freitag kann einen sauberen Ausklang nehmen.

Es folgt das Wochenende.

Meinetwegen könnten der Sonnabend und der Sonntag abgeschafft werden. Das wäre für alle Beteiligten das beste. Wenn ich das Mienenspiel der Erzieherinnen und Erzieher betrachte, die ihre Gruppen am Samstagmittag vor der Schule in Empfang nehmen, beladen mit der Aussicht, sie bis Sonntagabend, abgesehen von der Nacht, nicht mehr loszuwerden, kommt es in meinem Herzen zu mitleidigen Regungen. Wer will schon gern zwei Tage lang dieselben dummen Gesichter sehn?

Der Samstagnachmittag gehört den Außenrevieren. Es läßt sich letztendlich immer irgendeine Beschäftigung finden, man muß nur ernsthaft danach suchen.

Im Herbst ist das kein Problem. Da befreien wir die Wege, die Straße vor dem Heim und den Appellplatz von den herumliegenden Blättern, die wir zu großen Haufen aufschütten. Im Laufe der Woche sorgt dann Gevatter Wind dafür, daß sie wieder verschwinden und wir auch am kommenden Samstag nicht untätig sein müssen. Auch der Winter ist, wenn genügend Schnee fällt, eine sehr produktive Zeit.

Aber im Frühling und im Sommer bedarf es schon einiger Phantasie, um eine angemessene Freizeitbeschäftigung für uns bereitzustellen, denn schnell sind die Wege geharkt und die Blumen gegossen, ist die Straße gefegt und das Unkraut gezupft. Glücklicherweise passiert es hin und wieder, daß eine LKW-Ladung Kohlen vor dem falschen Keller abgekippt wird. Das schafft Arbeit für Tage.

Unser Samstagabend findet, wenn wir fleißig gewesen sind, vor dem Fernseher statt. Sofern wir ganz fleißig waren, dürfen wir sogar einen ganzen Film sehen, so richtig bis zu Ende.

Das einzig Gute am Sonntag ist, daß wir eine Stunde länger im Bett bleiben dürfen. Davon abgesehen hasse ich die Sonntage wie die Pest. Wenn ich wenigstens ein gutes Buch lesen könnte! Aber nein, vormittags wandern wir bei entsprechendem Wetter eine der üblichen Schleifen, die wir knapp bis zum Mittagessen bewältigen, und am Nachmittag sind wir zu Besuch im Märchenland. Während Pittiplatsch den Bildschirm beherrscht, können sich die Erzieherinnen und Erzieher unbesorgt auf eine

Tasse Kaffee und drei, vier Zigaretten im Erzieherzimmer treffen.

Die restlichen Stunden bis zum Abendessen wollen nicht vergehen. Dann findet meine Grübelperiode statt, und nichts und niemand kann mich davon abhalten. Ich setze mich aufs Klo, ziehe den Vorhang zu und hänge meinen Erinnerungen nach.

„Meine Damen und Herren“, höre ich Dr. Lenz sagen. „Das ist also der Junge, von dem ich Ihnen während meiner letzten Vorlesung erzählt habe.“ Dabei schiebt er mich in einen Saal, in dem mindestens fünfzig junge Leute sitzen und mich freundlich anglotzen.

„Unser Jakob ist jetzt acht Jahre bei uns. Sie können sich nun also selbst ein Bild davon machen, wie erfolgreich therapeutische Arbeit sein kann. Erinnern Sie sich bitte an das, was ich Ihnen über seinen Zustand zum Zeitpunkt der Einlieferung mitgeteilt habe.“ Und dann schmiß er mit einigen scheinbar schwerwiegenden Worten um sich, die ich bis dahin noch nie gehört, geschweige denn gelesen hatte. Augenblicklich fühlte ich mich sehr krank, zumal die Damen und Herren jetzt nicht mehr nur freundlich, sondern außerdem sehr mitleidend glotzten. Erst als Dr. Lenz versicherte, daß es seitdem stetig mit mir bergauf gegangen sei, hellten sich auch die Gesichter wieder auf. Aber ich fühlte mich keineswegs besser.

Plötzlich legte der Doktor seinen weißbekittelten Arm auf meine Schulter, blickte wohlwollend drein und versuchte, mir und den Zuschauern einzureden, daß ich gern einmal ein Gedicht aufsagen würde, denn schließlich sei ich ja in der klinikeigenen Schule einer der Besten. Und wie sie mich alle so gespannt anglotzten, hatte ich mit einemmal Hemmungen, das neue Gedicht von dem Soldaten, der sich während des Wachdienstes am

Kasernentor von einem gewissen Hansjürgen in ein Gespräch verwickeln läßt, vorzutragen. Die anderen Gedichte beherrschte ich aber nicht mehr so richtig. Da schloß ich einfach die Augen, stellte mir Gregors Dampfkino vor, und sprach:

Vor meiner Stirne eine Wand
und Dunst vor meinem Blick
und Wärme nur für eine Hand
und jene Wand so dick.

Zu dick die Wand,
so voll die Hand,
ihr Nebel, seid´s gewesen!
Es lichte sich das Wolkenband
zum Blick auf die Vogesen!

Im Hörsaal hatte sich andächtige Stille breitgemacht. Und dann geschah etwas Überraschendes: Jemand begann mit den Fingergelenken auf die Bank zu klopfen, und kaum einen Herzschlag später applaudierte mir bereits die gesamte Studentenschaft. Da stand ich nun, ein applausbegossener Pudel.

Die Ruhe aber, welche nach diesem Beifall eintrat, war gräßlich. Nach einer Ewigkeit erst legte Dr. Lenz abermals, jedoch diesmal viel behutsamer, seinen Arm auf meine Schulter und sagte, wobei er sich halb mir und halb der übrigen Zuhörerschaft zuwandte: „Ich bin zwar nur ein Mediziner und kein Pädagoge. Trotzdem möchte ich meinen, daß ihr dieses Gedicht nicht beim Kollegen Brückner gelernt habt.“ Ich nickte. Er nickte. „Wußt´ ich´s doch. – Würdest du so gut sein, Jakob, und denen, die es nicht wissen, verraten, von wem diese wunderbaren Zeilen stammen?!“

Dr. Lenz tat doch tatsächlich so, als stünde mein nagelneues Machwerk seit Jahren in seinem Bücherschrank. Vielleicht hatte ihn mein „Seid´s gewesen!“ etwas sehr vorschnell auf die falsche Fährte gelockt, oder der „Blick auf die Vogesen“ war ihm irgendwo schon mal begegnet. Ich weiß es nicht. Jedenfalls brachte mich sein Getue in eine verzwickte Situation.

Sollte ich sagen: Das Gedicht ist von mir? Lenz hätte ganz schön dumm dagestanden. Sollte ich irgendeinem Dichter diese Zeilen unterstellen? Dagegen sträubte sich mein literarisches Gewissen. Sollte ich behaupten, daß ich es nicht wüßte? Das wäre mir zu peinlich gewesen.

Da sagte ich, nachdem meine Denkpause schon so lange gedauert hatte, daß, wie es so schön heißt, die Luft zu knistern anfing, in beinahe beleidigtem Tonfall: „Das weiß doch jeder.“

Ein Raunen der Erleichterung ging durch den Saal. Für diese rettende Antwort bekam ich nochmals einen Applaus, während mich Dr. Lenz mit sanfter Gewalt zur Tür geleitete. Aber damit sollte das Thema Dichtkunst noch nicht beendet sein.

Es ist nicht einfach, kleinen Geistern große Dichterworte verständlich zu machen. Ich erinnere mich an die qualvollen Stunden, die wir zu Beginn dieses Schuljahres mit dem Kennenlernen eines Liedes verbracht hatten. Sein Text, dem ich ohne weiteres zu folgen vermochte, lud meine Klassenkameraden zu einer Aneinanderreihung von Mißdeutungen ein, die sehr weh taten. Die Jungs waren eindeutig nicht die richtigen für dieses Werk.

Hätte Herr Bayer das Lied doch einfach vorgespielt, ein paar Worte darüber verloren, es uns beigebracht und von mir aus zehnmal singen lassen, niemand wäre auf die Idee gekommen, Genaueres wissen zu wollen. Aber statt dessen stellte er eine Frage nach der anderen, bekam eine falsche Antwort nach der anderen und Schweißperlen auf der Stirn.

Da hatte das Poem nun Ländergrenzen und Ozeane überflogen, seine Botschaft über Klüfte des Haders springen lassen und war am Ende dazu verurteilt, am Schwachsinn meiner Klassenkameraden zu zerschellen, die es vermutlich heute noch mit Begeisterung singen würden, wenn Herr Bayer nicht den Fehler begangen hätte, ihnen den Inhalt verständlich machen zu wollen.

Die Sache entbehrt in meinen Augen nicht einer gewissen Tragik, besonders wenn ich bedenke, wieviel Aufmerksamkeit meinem schwachsinnigen Dampfkinogedicht noch entgegengebracht werden sollte.

Durch meinen überaus gelungenen Auftritt im Hörsaal von G. war ich für Dr. Lenz zu einem Patienten geworden, der sich seiner besonderen Zuwendung erfreuen durfte. Die zeigte sich zunächst in einer Reihe von unverhofften Besuchen auf unserer Station, welche die Erzieher mit Staunen und Verärgerung registrierten. Auch in der Schule ließ sich Lenz jetzt öfter blicken.

Und dann geschah das, was ich schon lange befürchtet hatte: Er bestellte mich eines Nachmittags in sein Zimmer.

Ich saß an der einen Seite des Tisches, er an der anderen. Eine Zeitlang fiel kein einziges Wort. Während er mich musterte, guckte ich mich ein bißchen im Raum um und harrte der Dinge, die auf mich zukamen.

„Und Wärme nur für eine Hand“, sagte er plötzlich, als hätte er nicht zu mir, sondern zu sich selbst gesprochen. „Das ist die beste Zeile, diese Sehnsucht nach Wärme, nach Zuwendung, Geborgenheit. – ‚Und Wärme nur für eine Hand`, das ist gut. – Aber ganz im Gegensatz dazu“, fuhr er im Tonfall des Selbstgespräches fort, „die Vogesen, Mittelgebirge im Osten Frankreichs, wiesenbedeckte Bergkuppen, rauhes Klima. Scheinbar ein Widerspruch, und doch diese beinahe magische Wirkung des Gedichtes. – Was sagst du dazu, Jakob, du müßtest doch eigentlich Auskunft geben können, du als Verfasser."

Das war ein Hammer. Ich hatte Lenz ein wenig unterschätzt. Ich fragte: „Wie sind Sie darauf gekommen?"

Er entgegnete: „Das steht nicht zur Debatte. Mich interessiert vielmehr, wie du darauf gekommen bist, denn ohne Zweifel schlummert eine starke dichterische Gabe in dir."

Diese Einschätzung schmeichelte mir. Sie schmeichelte mir, obwohl ich wußte, aus welcher Not heraus ich die Verse geschmiedet hatte.

Natürlich hütete ich mich davor, ihm den inhaltlichen Hintergrund des Gedichtes zu verraten, sondern druckste ein wenig herum, um ihm schließlich mitzuteilen, daß ich nicht darüber sprechen möchte. Er akzeptierte meine Hemmungen, wenn er sie auch mit Sicherheit falsch deutete.

Im Laufe unseres Gespräches wurde mir immer klarer, daß ihn so etwas wie ein Entdeckergefühl gepackt haben mußte. Er bildete sich tatsächlich ein, in seinem Patienten Jakob Leising ein literarisches Talent gefunden zu haben, und diese Entdeckung weckte in ihm den Wunsch, ein Förderer der Kunst zu werden.

„Ich möchte, daß du schreibst, Jakob!" sagte er, bevor er mich entließ, und er meinte es ernst damit.

Heute, da mein Bleistift kaum meinen Gedanken folgen kann, bin ich darauf angewiesen, mich bei einer mittlerweile beängstigend spärlichen Taschenlampenbeleuchtung unter dem Federbett zu verstecken, damit mich niemand beim Schreiben erwischt.

Heute, da ich etwas loszuwerden habe, kann ich gar nicht genug aufpassen.

Wie ungestört konnte ich dagegen arbeiten, als ich noch nichtssagende Verse schmiedete. Dr. Lenz stellte mir alles zur Verfügung, was ich zu brauchen vorgab: die Märchenwiesenstunden am Nachmittag, einen Raum für mich allein und holzarmes Schreibpapier.

Ich enttäuschte ihn nicht. Jeden Tag schrieb ich in Windeseile ein Gedicht vom Dampfkinoniveau, um danach in Ruhe lesen zu können. Ich kleidete so ziemlich alles, was ich erlebt hatte, in möglichst bildpralle und zugleich undurchsichtige Verse. Je weniger Lenz verstand, desto angetaner schien er von meinen Werken zu sein.

Ich war über Nacht zu einem Gegenstand höheren Interesses geworden.

Viertes Heft

Wir sitzen alle im selben Boot.

So gut wie jede Nacht außer am Montag und am Dienstag, wenn die Kneipe Ruhetag hat, kommen sie irgendwann die Dorfstraße entlang und grölen diesen widerwärtigen Ohrwurm. Mir wird immer ganz schlecht davon.

Einmal hat ein Betrunkener – aber keiner von den sangesfreudigen Ostdorfer Säufern – eine ganze Nacht in unserem Zimmer verbracht. Dazu gehört nicht mehr sehr viel, seit die Gitterstäbe vor den Fenstern rausgerissen wurden. (Nur der Speisesaal ist noch vergittert, aber ich vermute, es steckt kein tieferer Sinn dahinter.) Der Kerl stieg also ein, und wir bekamen derartigen Schiß, daß wir es vorzogen, uns schlafend zu stellen. Am anderen Morgen, als Herr Dumpke kam, lag unser Besucher friedlich schlummernd im Reservebett. Noch am gleichen Vormittag haben ihn zwei Polizisten abgeholt.

Es sollte sich herausstellen, daß er schon länger von den Behörden gesucht wurde. In seiner Einfalt hatte er sich an den Ort geflüchtet, von dem er einst aufgebrochen war. Herr Dumpke konnte sich noch gut an ihn erinnern, vermochte nun jedoch selbstverständlich nichts mehr für ihn zu tun.

Als Warnung war dieser Besuch von erheblichem Wert, denn bisher hatte Herr Dumpke, wenn er uns ängstigen wollte, lediglich mit irgendwelchen Namen operieren können, die uns nichts sagten, Namen von ehemaligen Heimjungs, die Bekanntschaft mit Behausungen machen mußten, wo nicht nur die Luft im Speisesaal gesiebt war. Er wußte da eine Unmenge von abschreckenden Beispielen zu erzählen. Und jetzt hatten wir endlich mit eigenen Augen so einen bedauernswerten Zeitgenossen gesehen.

Das einzige, was mich an Herrn Dumpkes Geschichten stört, ist, daß er sie immer dann anbringen muß, wenn es Kaffee und Kuchen gibt. Der Tisch ist gedeckt, das Backwerk zum Greifen nah, und er erzählt eine Story nach der anderen von Leuten, die hier auch einst vorn und hinten alles reingesteckt bekamen und trotzdem, wie weiland Rotkäppchen, vom Wege abgekommen sind. All das Geld, was für ihre Umerziehung ausgegeben worden war, hatten sie nicht zu würdigen gewußt. „Was sagst du dazu, Nilo? – Und du, Norbert? – Und Fredi, wie ist deine Meinung? Willst du auch später mit dem Gesetz in Konflikt kommen?“ Nein – nein – nein – natürlich nicht.

Wenn wir dann endlich zulangen dürfen, besteht keine Gefahr mehr, daß wir uns an dem Kinderkaffee die Lippen verbrühen.

Nein, ein Suffkopp will ich auf keinen Fall werden. Es ist aber auch noch nicht ganz geklärt, welcher Profession ich später einmal nachgehen werde. Auf jeden Fall wird sie unter der Bezeichnung „Einfache Arbeitstätigkeit“ laufen, und eine Arbeit, die so heißt, dürfte vermutlich nicht allzu schwer sein. Hauptsache, ich muß nicht Stöpsel pfropfen oder Verse schmieden.

Genauso wie Gregor die Pfropferei anstank, hatte ich eines Tages keine Lust mehr, am laufenden Band meine Gedichte vom Stapel zu lassen. Lenz war zwar nach wie vor entzückt und analysierte mit einer Begeisterung an meinen Versen herum, daß er mir richtig ein wenig leid tat. Aber gerade dieses Mitleid trug besonders viel zu meiner plötzlichen Schreibhemmung bei. Außerdem hatte ich etwas von einem zu gründenden klinikeigenen Schreibzirkel unter seiner Federführung läuten hören, und das schmeckte mir gar nicht.

Also ließ ich den Stift sinken und teilte Dr. Lenz mit, daß ich mich leer geschrieben hätte, beim besten Willen nichts Brauchbares mehr zustande brächte, neues Material sammeln müsse, neue Eindrücke benötige und was weiß ich noch alles.

Lenz gab sich, nachdem er mich noch einige Nachmittage erfolglos mit dem Papier allein gelassen hatte, erstaunlich verständnisvoll. Einen Wunsch wollte er allerdings noch erfüllt haben, und den konnte ich ihm einfach nicht abschlagen: Ihn verlangte nach einem originellen Geburtstagsgeschenk für seine Frau, und es fiel ihm nichts Besseres ein, als bei mir ein Gedicht zu bestellen.

Inzwischen habe ich dieses Machwerk längst vergessen. Ich weiß nur noch, daß es eine Seite lang und ein voller Erfolg war. Die Frauen lieben es, wenn man ihnen ein bißchen schmeichelt. Das fiel mir bei Lenz´ Frau zudem nicht sonderlich schwer, ich mußte mich sogar zur Zurückhaltung zwingen, denn ich hatte schon einige ihrer Auftritte im Dampfkino besucht, was einen erheblichen Einfluß auf jenes Bild ausübte, welches mir während des Schreibens ständig vor dem geistigen Auge stand.

Die Phantasie ist schon eine tolle Sache. Da liege ich nun in Ostdorf im Bett, und man sollte meinen, daß die Beule, die Danilos Hinterteil in meinen Matratzenhimmel drückt, jegliche freundliche Regung im Keim ersticken müßte. Aber dem ist nicht so. Ich habe gelernt, die Realität bisweilen zu übersehen. Das kann sehr hilfreich sein.

Laut Dr. Lenz hat sich seine Frau fast ein Bein ausgerissen, als ich das erstemal in seinem Hause zu Gast sein sollte. Das war natürlich was. Katharina Lenz wollte es sich nicht nehmen lassen, mich, den Schöpfer ihres originellsten

Geburtstagsgeschenkes, zu einer Nachfeier im kleinsten Kreis einzuladen. Ein Blatt voller lobender Verse hatte bewirkt, daß ich Einlaß in gehobene Kreise fand. Kaum zu glauben, wie nutzbringend selbst die Herstellung billigster Literatur sein kann, dachte ich und hätte mich gern in Schale geworfen. Aber damals war ich ja noch nicht in Ostdorf, und meine G.-Bekleidung verriet in Paßform und modischem Chic auf den ersten Blick, daß es bei meinem Aufenthalt in der Nervenklinik nicht um Äußerlichkeiten ging. Bisher hatte mich das kaum gestört, doch wie ich so im Waschraum stand und mir vor dem Spiegel den letzten Schliff angedeihen lassen wollte, stellte ich fest, daß ich nackt eigentlich schöner war als angezogen. Das wiederum konnte ich von Katharina Lenz nicht behaupten. Angezogen oder nicht, diese Frau hatte eine verheerende Wirkung auf meinen Gemütszustand.

Wenn mich jemand danach fragte, was ich für das erotischste Kleidungsstück halte, würde ich ohne Zögern antworten: schwarze Nahtstrumpfhosen. Ihre Nähte sind Wegweiser zum Paradies. Nichts geht darüber.

Also ließ ich mir von dem Kaffee einschenken, lobte den Kuchen und meinte die Frau. Es war ihr vierunddreißigster Geburtstag, den es nachzufeiern galt, und der Kreis konnte tatsächlich kaum kleiner sein: er, sie und ich am niedlichen runden Tischchen im riesigen Wohnzimmer des nagelneuen Häuschens unweit der Klinik.

Wir aßen, tranken, trieben Konversation. Die sehr dekorativen Buchrücken in den Regalen an der Wand verleiteten mich dazu, dem Gespräch durch einige wohlüberlegte Zitate, die mir bei meinen umfangreichen Literaturstudien im Gedächtnis haften geblieben waren, einen intellektuellen Anstrich zu verleihen. Freilich verzichtete ich dabei auf Quellenangaben.

„Er ist ohne Zweifel ein Talent, nicht wahr, Katharina, einfach ein Gedicht zu machen, ohne daß er dich eigentlich kennt.“

„Ohne Zweifel“, pflichtete Katharina bei und schlug die Beine übereinander. „Noch ein Stück Pflaumenkuchen?“

„Was sagten Sie? – Ja bitte. – Oder nein, lieber nicht.“

„Komm Jakob, ein Junge in deinem Alter muß doch etwas essen.“

Teller vor die Nase, Kopfschütteln meinerseits, Teller auf den Tisch, Wechsel der Beinstellung. „Schmeckt dir der Kuchen nicht?“

„Doch, doch, aber die Hose.“

„Mach ruhig den Knopf auf. Es ist aber auch traurig, mit was für Kleidung man dich ausgestattet hat: zu enge Hose, der Pullover viel zu groß, und von den Schuhen will ich gar nicht reden. – Könnten wir nicht? Was sagst du, Walter, er müßte doch ungefähr deine Größe haben.“

Lenz nickte und entließ uns damit ins Schlafzimmer.

Während der darauffolgenden Prozedur war ich zwischen zwei heftigen Gefühlen hin und her gerissen. Das eine Gefühl wurde in mir durch den Anblick meines unterwäschetragenden Spiegelbildes in der geöffneten Schranktür hervorgerufen. Das andere Gefühl kam dadurch zustande, daß Katharina, da sie in gebückter Haltung das unterste Schubfach nach etwas Passendem für mich durchsuchte, mir die Nähte ihrer Strumpfhose in vollster Länge darbot. Das war Kino zum Anfassen, und wäre der Spiegel nicht gewesen, wer weiß.

Aber ich ließ mich artig einkleiden, im Wohnzimmer vorführen, bedankte mich höflich und versprach – (schon wegen der Strumpfnähte) – einer erneuten Einladung mit Freuden nachzukommen.

Wer lädt mich heutzutage schon noch ein? Und wer trägt in Ostdorf schwarze Nahtstrumpfhosen?

Hier bewegen sich die meisten Frauen in Beinkleidern durchs Dorf, die die Naht vorn haben, sehr undurchsichtig sind und mittels einer Schlaufe unter den Füßen befestigt werden, damit die Knie nicht allzusehr ausbeulen. Mag sein, daß das anders ist, wenn Besuch kommt. Ich war noch bei niemandem zu Gast. Mußte ich mal wegen eines Botenganges bei irgendeinem Lehrer oder Erzieher anklingeln, kam ich nie weiter als einen Meter über die Schwelle.

„Weißt du, daß du ein verdammter Glückspilz bist?" meinte Gregor, als ich ihm von meinem Nachmittag bei den Lenz berichtete. Ich konnte ihm nicht widersprechen. Es war schon etwas Besonderes, ein unverborgenes Auge auf die Privat- beziehungsweise Intimsphäre des eigenen Doktors werfen zu dürfen, besonders wenn er eine Frau wie Katharina sein eigen nannte.

Gregor interessierte sich jedoch weniger für meine Ausführungen über Lenz´ Gattin, sondern mehr für den Inhalt seiner Bücherregale. „Es kann doch nicht sein", ereiferte er sich, „daß da eine Wand voller Bücher stand und du nicht in der Lage bist, mir wenigstens einen einzigen Titel zu nennen. Die Frau muß ja wirklich einen hirnvernagelnden Einfluß auf dich ausgeübt haben."

Es lag mir eine Erwiderung auf der Zunge von wegen Ventildienst und Anna, aber ich hielt mich zurück. Statt dessen versuchte ich, Gregor mit der Vermutung zu besänftigen, daß es sich mit ziemlicher Sicherheit nur um medizinische Fachbücher gehandelt habe.

Gregor raufte sich die Haare. Fachbücher! – was darin stünde, sei komprimiertes Wissen und unbezahlbar, weshalb diese Schwarten auch so teuer wären. „Was glaubst du, wo die Herren Doktoren ihre Kenntnisse her haben? Wenn man an so was rankäme, könnte man einiges damit anfangen.“

Mein Sinn stand an diesem Abend nicht nach Literatur. Ich bemühte mich mit Erfolg darum, bis zum Einschlafen das Bild von Katharina Lenz in mir wachzuhalten. Aber im Laufe der darauffolgenden Wochen, ich nahm wieder voll am Gruppenleben teil, ließ mich mein Vorstellungsvermögen zusehends unbefriedigt. Ich hatte Lenz´ Frau zu lange nicht mehr gesehen. Die Situation schrie geradezu nach einem außergewöhnlichen Einfall. Gut, ich hätte einfach zum Büro des Klinikchefs gehen können, wo sie arbeitete, nur wäre ich mir einigermaßen dumm vorgekommen so ganz ohne offiziellen Grund. „Guten Tag! Ich wollte Sie nur mal wiedersehen.“ Das ging auf keinen Fall. Mir fehlte damals wie heute etwas von der naiven Direktheit, durch die sich einige meiner jetzigen Kameraden auszeichnen.

Wir marschieren am Vormittag mit Herrn Bayer zum Friseurstübchen beim Gemeindebüro, wie das so ungefähr alle vier Wochen der Fall ist. Dort werden wir schon von drei Mädchen erwartet, die eigens aus der Stadt angereist sind, um auf unsere Kosten zu etwas Berufspraxis zu kommen. Sie haben einen harten Tag vor sich, denn neunzig Lehrlingsversuchsfrisuren wollen erst einmal geschnitten sein in nur vier Stunden. Da bleibt nicht viel Raum für Extrawünsche.

Eine Klasse nach der anderen betritt den provisorischen Salon, um ihn schon bald darauf wieder zu verlassen. Unterwegs begegnen die bereits Abgefertigten den noch Abzufertigenden, was von Fall zu Fall ein durchaus angebrachtes Gelächter zur Folge hat.

Diese wenigen Minuten im Friseursalon sind jedoch nicht ohne Reiz, denn es kommt selten vor, daß gleich drei noch jugendliche Angehörige des anderen Geschlechts unseren Blicken derart wehrlos ausgesetzt sind.

Wir betreten also mit unserem Lehrer den Ort des Geschehens, nehmen Platz, und sofort beginnt die Begutachtung der Lehrlingsmädchen. Die einzigen, die sich nicht an dem lautstärkemäßig nur wenig gedämpften und an unverblümten erotischen Anspielungen immer reicher werdenden Gedankenaustausch beteiligen, sind Fredi, Herr Bayer und ich.

Und als wir alle abgefertigt sind, geht Ronny, der lauteste unter den Kurvenkommentatoren, auch noch mit einem Zettel zu einer der Friseusen und bittet um ihre Adresse. Ich traue meinen Augen nicht: Sie läßt sich tatsächlich darauf ein.

Die Vertreterinnen des weiblichen Geschlechts können einen schon in Erstaunen versetzen. Aber auch ich, Jakob Leising, derzeit bester Nachtruhestörer im Spezialkinderheim Ostdorf, sollte mich in der Kunst, meine Mitmenschen zu überraschen, zunehmend vervollkommnen.

Noch immer lechzte ich nach einem Wiedersehen mit Katharina Lenz. Im Dampfkino war nicht mehr mit ihr zu rechnen, denn in dem neuen Haus der Lenz´ gab es natürlich ein prunkvolles Badezimmer, das ich während meiner Bedürfnisbefriedigung auf der Geburtstagsnachfeier ausgiebig hatte begutachten können.

Ich wußte, daß sie täglich von acht bis siebzehn Uhr im Vorzimmer des Chefs zu finden war, aber dorthin traute ich mich, wie gesagt, nicht. In meiner Vorstellung saß sie dort in ihren schwarzen Nahtstrumpfhosen und hämmerte auf ihre Schreibmaschine ein, daß es eine wahre Freude war, und während sie das tat – so schwebte es mir vor – blickte ihr der Alte wohlwollend auf die Beine.

Dieses Gedankenbild bereitete mir Höllenqualen. Wo ich auch war, ob in der Schule, auf der Märchenwiese, bei der Musiktherapie oder nachts im Bett, immer mußte ich an Katharina Lenz denken.

In dieser scheinbar aussichtslosen Situation besann ich mich auf den Ursprung meines Aufenthaltes in G. Wie sagt doch das Sprichwort: „Reden ist Silber, Schweigen ist Gold."

Als ich eines Morgens erwachte, stieg ich aus dem Bett, legte mich auf den Fußboden und schwieg, so sehr ich konnte. Ich schwieg, als man mich wachrüttelte, schwieg beim Frühstück, schwieg in der Schule, schwieg auch am Nachmittag, kurzum: schwieg den lieben langen Tag. – Das erregte Aufsehen.

Schon am nächsten Morgen wurde ich, anstatt zur Schule, zu einer Untersuchung bei Dr. Lenz gebracht. Nach eingehender Prüfung meines bedenklichen Zustandes erklärte der Doktor seiner Assistentin, daß es sich in meinem Fall vermutlich um einen Mutismus handele, was zwar in meinem Alter ungewöhnlich wäre, doch eine andere Erklärung habe er nicht. „Freiwilliges Verstummen, ein psychotisches Symptom oder Folge einer psychischen Fehlentwicklung, total oder elektiv, wer weiß, wir werden sehen."

Erstaunlich, dachte ich, da hält man einen Tag lang den Mund, und schon haben sie gleich mehrere Fremdwörter dafür parat. Mir fielen Gregors Worte über die Nützlichkeit der Fachbücher wieder ein. Nun stand ich da mit meinem vermutlichen Mutismus, von dem ich nicht wußte, ob er total oder elektiv, psychisch oder psychotisch sein sollte, und grämte mich wegen meiner mangelnden Fachkenntnis.

Ich hatte, da ich nur einer Laune gefolgt war, mein Stummbleiben zuvor viel zuwenig durchdacht. Jetzt fühlte ich mich dazu gezwungen, niemanden zu enttäuschen, schon gar nicht Dr. Lenz. Ein Fachbuch mußte her, koste es, was es wolle. Ich war bereit, meine gesamten Dampfkinoersparnisse zu investieren, mir mein eigenes Schweigen also gegebenenfalls teuer zu erkaufen.

Ich möchte wissen, wie sie hier in Ostdorf auf einen Fall von totalem Mutismus reagieren würden. Vermutlich würde derjenige, angenommen, er befolgt die Sitz-, Antritts- und Marschordnung, mit Betragenskringeln überhäuft werden und wäre morgen statt meiner zum „Treffen der Besten“ unterwegs. Was andernorts Besorgnis auslöste, könnte hier in Ostdorf das Gegenteil bewirken.

Es erwies sich als sehr anstrengend, rund um die Uhr die Zunge in Zaum zu halten. Deshalb war ich heilfroh, als mir Anna ein dickes Nachschlagewerk der Psychologie besorgte, aus dem ich entnehmen konnte, was elektiv, psychotisch, psychisch und noch so einiges mehr bedeutete.

Mein neu erworbenes Wissen erlaubte es mir, meine Sprechwerkzeuge vor der Verkümmerung zu bewahren, denn ich entschied mich dafür, an einem psychotisch bedingten elektiven Mutismus zu leiden. Praktisch bedeutete dies, daß ich aufgrund meiner schweren Depressivität verstummt war und mit niemandem mehr reden mochte, außer mit einigen mir vertrauten Personen. Dieses Krankheitsbild war nicht ohne Reiz, wollte aber in seiner Ausführung gut durchdacht sein. Mutismus ist schließlich etwas anderes als Blödheit.

Wenn Frau Dumpke einen ganzen Monat lang nicht mit Fräulein Breitmeier redet und im Monat darauf kein Wort mehr an Frau Zesch verschwendet, weil die wider Erwarten mit Frau Storch gesprochen hat, worauf Frau Zesch und Frau Storch beschließen, Frau Dumpke zu ignorieren, was zur Folge hat, daß die wieder mit Fräulein Breitmeier spricht, weshalb es wiederum Frau Mondler die Sprache verschlägt und so weiter, handelt es sich jedenfalls mit Sicherheit nicht um fünf Fälle von elektivem Mutismus.

Der wahre Mutist muß sich entscheiden, mit wem er fortan reden will und mit wem nicht. Nur zwei Namen prangten auf meiner inneren Liste der mir würdig erscheinenden Personen: Gregor Mattner und Katharina Lenz.

Für wen würde ich mich heute entscheiden, wenn ich müßte? – Vermutlich für den totalen Mutismus. Noch vor Wochen hätte meine Antwort auf die Frage „Herr Bayer" gelautet.

Er ist genauso lange in Ostdorf wie ich, seit August 1982. Ich kam aus G., er kam von der Universität. Ich hatte meine Eingewöhnungsschwierigkeiten, er die seinen. Ich habe mich eingewöhnt, er auch. Als ich meine erste Urkunde bekam, erhielt er seine erste Prämie. Wir sparten nicht mit Applaus. Damals hielt ich noch ziemlich viel von ihm.

Aber dann kam der Tag, an dem ich mir beinahe den Hals brach. Das hätte ihn ebenfalls den Hals kosten können. Jedoch die Hälse blieben ganz. Aber das war auch alles.

Zwar bat er mich am nächsten Tag um Entschuldigung, was immerhin davon zeugte, daß er noch die Fähigkeit besaß, auch mal einen Fehler einzugestehen, doch das änderte nichts an meiner Enttäuschtheit. Wer eine steile Treppe mit zweiundzwanzig Stufen im Tiefflug begutachten durfte, verzeiht demjenigen, der ihn gestoßen hat, nicht so ohne weiteres.

Ich hatte gemeinsam mit Ronny den Auftrag bekommen, ein paar alte Schrankaufsätze auf den Dachboden des Hauses zu tragen, in dem Herr Bayer wohnte. Wir quälten uns die Treppen rauf, und als wir wieder runter kamen, blieben wir wie auf Verabredung vor Herrn Bayers Tür stehen. „H. Bayer“ stand dort geschrieben. An der Wand, dicht bei der Tür, dort, wo normalerweise der Klingelknopf angebracht ist, hing ein verlockendes Glockenspiel.

Ronny grinste mich an. Ich schüttelte den Kopf. Wir gingen weiter.

Noch mehrmals mußten wir in Erfüllung unseres Auftrages an Herrn Bayers Wohnungstür vorbei. Und plötzlich, wir sind gerade wieder auf dem Weg nach unten, setzt Ronny völlig ohne Vorwarnung die verdammten Glöckchen in Bewegung und macht sich aus dem Staub.

Schon höre ich Schritte in der Wohnung, kalkuliere meine Fluchtchancen und bleibe stehen. Herr Bayer öffnet. „Tach Jakob, was gibt´s denn?“

Ich bitte um Entschuldigung, erzähle ihm was von einem Versehen, daß ich beim Möbeltragen angestoßen sei und so.

„Schon gut“, sagt er, „mußt du etwa allein die schweren Aufsätze hier hochschleppen?“

„Nein“, antworte ich, „nicht allein, Ronny ist schon unten.“

Herr Bayer zieht die Augenbrauen in die Höhe. „Wer hat´n heute Dienst bei euch?“

„Herr Dumpke“, sagte ich, „aber es sind ja nur noch drei Stück.“

Völlig unerwartet für mich ertönt plötzlich aus dem Inneren der Wohnung die vertraute Stimme Frau Mompers, der dienstältesten und gefürchtetsten Pädagogin Ostdorfs: „Sieh bloß zu, Leising, daß du Land gewinnst und deine Arbeit machst! Meinst du, Herr Bayer hat nichts Besseres zu tun, als sich dein blödes Gesicht auch noch in der Freizeit anzugucken?!“

„Komme schon!“ ruft Herr Bayer nach hinten und schließt langsam die Tür. „Die drei schafft ihr auch noch.“

Ich setze mich auf die oberste Treppenstufe und sage mir: Soll doch Ronny, der Arsch, zusehen, wie er den nächsten Aufsatz herbekommt. Und wie ich da so sitze, muß ich mit anhören, daß die Momper immer noch beim Thema ist: „Sie sind viel zu gutmütig, Kollege Bayer, glauben Sie mir, das bringt Ihnen nichts ein. Diese Bengels brauchen Druck rund um die Uhr, schließlich sind sie nicht zum Vergnügen hier. Niemand dankt Ihnen Ihre Freundlichkeit, die lachen Sie doch aus. Sie haben doch eben selbst erlebt, was ihre Gutmütigkeit einbringt. Geben Sie den Bengels den kleinen Finger, greifen sie sofort nach der ganzen Hand. Druck, Druck und nochmals Druck und auch mal ´n paar an die Ohren, das ist die Sprache, die sie verstehen. Der Leising hat doch vorhin niemals aus Versehen geklingelt, das glauben Sie doch selbst nicht. Wenn mich einer von den Kerlen in meiner Freizeit belästigen würde, wüßte ich, was zu tun wäre.“

Herrn Bayers Beteiligung an dem Dialog ist äußerst gering und beschränkt sich auf die Worte „aber“ und „sicher“. Die quatscht mir meinen Lehrer noch blöd, denke ich, während ich mich erhebe, um nach Ronny zu sehen.

Wir bringen den nächsten Schrankaufsatz, den übernächsten und endlich den letzten. Der stößt dann wirklich ohne unsere Absicht an das Glockenspiel und löst augenblicklich jenes Gebimmel aus, das gut und gern mein Todesläuten hätte sein können.

Ehe ich mir überhaupt richtig darüber im klaren bin, was los ist, wird die Tür aufgerissen, Herr Bayer stürzt heraus, flucht mörderisch und versetzt mir einen Stoß, der ausreicht, mir das Gleichgewicht zu rauben, und mich in eine Zweiundzwanzig-Stufen-Rakete zu verwandeln.

Mein elektiver Mutismus hätte, nachdem ich mich mit dem nötigen Wissen versehen hatte, in voller Blüte stehen können. Es gab nur ein Problem: Dr. Lenz war im Begriff, ihn für einen totalen zu halten. Meine Aufgabe bestand nun darin, ihn zu der Erkenntnis zu führen, daß es da doch jemanden in G. gab, mit dem zu reden ich mich bereit fand.

Noch forschte er, stellte mich allen möglichen Leuten, die bisher mit mir Kontakt gehabt hatten, gegenüber. Die Scholz-Springer versuchte, mit einem Tamburin meine Zunge zu lösen, Brückner plapperte mir alberne Gedichte vor, sogar ein inzwischen längst abgelöster Erzieher wurde herbeigeschafft, um mich zum Reden zu bringen. Aber ich blieb konsequent.

Es war ohne Zweifel etwas oberflächlich von Lenz, daß er nicht von selbst auf den Gedanken kam, mir auch seine eigene Frau als Zungenlöser anzubieten.

Ein Wink mit dem Zaunpfahl machte sich erforderlich, einem Zaunpfahl, dick genug, um Lenz die Richtung zu weisen, jedoch nicht so dick, daß er ihn als solchen erkennen konnte.

Ich kam auf den Gedanken, mir am nächsten Tag genau die Kleidungsstücke anzuziehen, die aus Lenz´ Schlafzimmerschrank stammten. Er reagierte nicht darauf.

Vierzehn Tage lang trug ich dieselben Sachen, und langsam wurden sie etwas schmuddelig. Erst als ein Erzieher sich darüber beschwerte, daß ich mich sträuben würde, einen frischen Pullover anzuziehen, ja, alles darauf hindeute, daß ich nicht bereit sei, mich von meiner augenblicklichen Kleidung zu trennen, machte es klick im Kopf des Doktors.

Historisch möchte ich den Augenblick nennen, in dem die Tür aufging und Katharina eintrat. Einen Monat lang hatte ich auf diese Begegnung gewartet. Sie ist es, dachte ich, gab ein, zwei theatralische Krächzer von mir und rannte auf sie zu. Und Katharina Lenz breitete ihre Arme aus, bereit, mich, den Sprachlosen, zu empfangen, festzuhalten, an sich zu pressen, zu trösten. Willig ließ ich all das mit mir geschehen, schmiegte meine Brust unter dem begeisterten Blick von Dr. Lenz an die Brüste seiner Frau, hielt ihr Hinterteil mit meinen Händen umfangen, meinte die Nähte ihrer Strumpfhosen zu fühlen und kostete wer weiß wie lang diese unsere erste Umarmung aus. „Endlich, endlich", stammelte ich und meinte, was ich sagte.

Ich hatte meinen privaten Anschluß gefunden.

Fünftes Heft

Auf halbem Wege werde ich nicht stehenbleiben.

Schlaft weiter, Jungs! Jakob hat die erste Hälfte der heiligen Ostdorfer Nachtruhe mißachtet, er wird es auch mit der zweiten tun. Jetzt bin ich entschlossen, meine Wachheit bis zur letzten Sekunde auszukosten. Also schlaft euren Schlaf und laßt mich schreiben!

Es gab einmal ein Dorf namens Ostdorf, in dessen Mitte stand ein Schloß. Darin hatte früher ein Graf gewohnt, der mußte es dalassen, als er ging. Nun gehörte das schöne Gebäude dem Volk und verlangte nach neuen Bewohnern.

Da beschloß man, jugendliche Spitzbuben in ihm unterzubringen, denn die hatte der Graf ebenfalls nicht mitnehmen können, als er das Land verließ. Die Fenster des Schlosses erhielten dicke Eisengitter, und an dem Zaun rund um das Terrain wurden Schilder angebracht mit der Aufschrift „Betreten verboten!". Aus dem gräflichen Wohnsitz war ein Jugendwerkhof geworden.

Jahre gingen ins Land, nur einige alte Leute konnten sich noch an den Grafen erinnern, doch Spitzbuben gab es noch immer zur Genüge.

Und endlich kam man auf den Gedanken, das Übel etwas näher an der Wurzel zu packen. Nicht mehr nur den Spitzbuben galt jetzt die Aufmerksamkeit, nein, bei den Bübchen mußte man anfangen, denn was Hänschen nicht lernt, lernt Hans nimmermehr. Und aus dem Jugendwerkhof im schönen alten Schloß wurde ein Spezialkinderheim.

Im Laufe der Zeit – erste Erfolge waren zutage getreten – konnten die Gitter vor den Fenstern wieder entfernt werden. Aber der Zaun mit den Schildern daran blieb. So steht er heute noch da.

Von Zeit zu Zeit verirrt sich ein historisch interessierter Mensch in das Dorf und tritt dicht an ihn heran, um das schöne alte Schloß besser bestaunen zu können. Ein Kinderheim also, warum nicht, mag der Betrachter denken, sicherlich interessant. Und während seine Augen durch den Maschendraht spähen, macht sich sein Hirn ein Bild von diesem Heim.

Er sieht Kinder in wohlgeordneten Gruppen durch das Gelände marschieren. Andere stehen mit blauen Schürzen bekleidet am Rande des Appellplatzes und putzen ihre Schuhe. Ein Bilderbuchkoch öffnet das Küchenfenster, worauf sich augenblicklich Wohlgeruch ausbreitet. Ein Junge mit Besen fegt munter pfeifend die große Schloßtreppe. Aus einem Fenster ertönt Rockmusik. Ein Mann im blauen Arbeitsanzug, die Tabakspfeife im Mund, geht über den Hof. „Guten Tag, Herr Holzapfel!" rufen die Schuhputzer und winken mit ihren Poliertüchern. Zwei Jungen streiten sich um eine Schubkarre voller Kohlen. Wäschekörbe werden hereingetragen.

Das alles und ähnliches mehr wird der Beobachter sehen, und möglicherweise staunt er, denn er hatte sich, wenn er hatte, ein Kinderheim für Schwererziehbare anders vorgestellt, irgendwie weniger idyllisch. Schön eigentlich, daß es auch so geht, denkt er vielleicht und verläßt um eine Erfahrung reicher den Ort des Geschehens.

Nein, um die Allgegenwärtigkeit des Ostdorfer Wenn-du-dann-Prinzips erkennen zu können, reicht ein Beobachtungsposten nicht aus, und sei er noch so dicht an der Umzäunung. Man muß es erleben im ursprünglichen Sinne des Wortes, und das kann man nur auf der anderen Seite.

Mehr als zwei Jahre liegt nun der Tag schon zurück, an dem ich zum erstenmal die unbeschriftete Seite der „Betreten verboten!“-Schilder zu sehen bekommen sollte. Mit meinem im Laufe der Zeit erworbenen Erfahrungsschatz beladen, muß ich mich heute direkt darüber wundern, daß sie nicht auch von innen beschriftet sind. Eine grobe Unterlassungssünde, wenn ich bedenke, wie viele weit weniger knappe Mitteilungen auf Holz, Stoff, Papier, Blech und in Stein die Innen- und Außenwände des Schlosses und der Schule zieren.

Da haben wir die große Tafel über dem Schloßeingang. Ihre Botschaft beginnt mit: „Es kann einem ... “ und endet mit dem Wort „ ... begeistern!“ Darunter hängt die Vorwärts-zum-Tafel, deren rechte Hälfte immer etwas frischer wirkt als die linke. In der Küche befindet sich die Essensregeltafel. In jedem Gruppenbereich gleich neben der Wandzeitung klebt ein Ämterplan. Auf dem Weg zur Schule kann ich „Gottes Rute ...“ nicht übersehen. Im Schulflur empfängt uns die fünfunddreißigspaltige Wettbewerbstafel, die Aufschluß geben soll über die durchschnittliche Normerfüllung der einzelnen Klassen in den Bereichen Betragen, Fleiß, Ordnung, Pausenverhalten und Liedgesang. Jeder Fachunterrichtsraum hat eine Raumordnung, wie jeder Klassenraum seine Wandzeitung. Und nicht zuletzt sind die Wände der Unterrichtsräume angefüllt mit Pausen-P-Übersichten, Wochenlobdiagrammen, Kringelabrechnungen, Urkundenplänen und dergleichen mehr. Daneben nimmt sich der gemeine Stundenplan recht bescheiden aus. Das ist er freilich keineswegs, denn 37 Unterrichtsstunden in der Woche, die drei Sonderstunden eingeschlossen, wollen erst einmal überstanden sein.

Dagegen waren die täglich vier Stunden Unterricht in G. eine Erholung, besonders zu Zeiten meines Sprachverlustes.

Noch galt ich als elektiver Mutist, dessen einzige offizielle Kontaktperson Katharina Lenz hieß. Unser Kontakt bestand in der ersten Zeit darin, daß Katharina mich auf Geheiß ihres Mannes einmal täglich für ein herzerfrischendes Stündchen mit ihrer Anwesenheit beglückte. Das durfte sie sogar während der Arbeitszeit tun, und sie schien ihre Freude daran zu haben, dem Vorzimmer des Chefs entrinnen zu können.

Ich gab mich während unserer Begegnungen wortkarg, jedoch offenohrig und sehr liebebedürftig. Es war schon bemerkenswert zu erleben, wieviel Mitteilungsdrang Katharina mir, dem einundzwanzig Jahre Jüngeren, gegenüber im Laufe unserer Zusammenkünfte entwickelte. Vermutlich hielt sie mich mit meinen unverdorbenen, offenen Ohren und meinem beinahe stummen Mund für eine Art Seelsorgerersatz. Und den hatte sie nötig.

Es gibt Dinge im Leben einer verheirateten Frau, die werden von ihrem Angetrauten für derartig läppisch gehalten, daß die Frau sie besser für sich behält, bis sie irgendwann, irgendwo ihrem Jakob begegnet. Der macht dann große Ohren und pusselt sich im Kopf ein Bild zusammen, das ihm alles andere als belanglos erscheint:

Katharina Lenz, vierunddreißig Jahre alt, seit fünfzehn Jahren verheiratet mit Dr. Walter Lenz, keine Kinder, tätig als Vorzimmerdame, besondere Kennzeichen: schwarze Nahtstrumpfhosen, derzeitiges Hauptproblem: Unzufriedenheit.

Daran ist soweit nichts Besonderes. Alle Welt plagt sich damit. Von Belang für mich war die Unzufriedenheit der Katharina Lenz vor allem deshalb, weil sie mich in die Rolle des geduldigen Zuhörers versetzte und mir ihre körperliche Anwesenheit vorläufig sicherte.

Es ist zwar ein klassischer Trugschluß, von einem offenen Ohr auf ein mitfühlendes Herz zu schließen, aber dieser

Schluß muß nicht trügerisch sein, denn ich gewann diese Frau auf ihrer Plateauphase im Lebensdiagramm tatsächlich lieb. Freilich sah ich mich außerstande, irgend etwas Weltbewegendes für sie zu tun, außer eben ihr geduldiger Zuhörer zu sein.

Katharina erwies sich immer mehr als durchaus in Ordnung. Nun band ich ihr zwar nicht alle meine Sünden gleich auf die Nase, aber eine ganze Menge Vertrauen entwickelte ich ihr gegenüber schon.

Da ich mich an prallgefüllten Bücherregale im Hause Lenz erinnerte, rang ich mich eines Tages dazu durch, sie zu fragen, ob sie mir nicht ein paar Bücher leihen könne. Sie ging ohne Zögern darauf ein. Schon bei unserer nächsten Begegnung brachte sie mir etwas zu lesen mit. „Ich denke, das wird das Richtige sein." Das war es zwar nicht, jedoch die Geste allein verdiente es, schön genannt zu werden.

Hier in Ostdorf sind schöne Gesten Mangelware, wahrscheinlich, weil in ihnen immer ein gewisses Maß an persönlicher Zuwendung mitschwingt, und die hat im Spezialkinderheim nun wirklich nichts verloren.

Hier sind die Zuwendungen gesellschaftlich, also reichlich und gerecht verteilt. Persönlich zugewendet werden kann zu Hause, man sieht ja, was dabei herauskommt: Rotwangig, strahlenden Auges und mit neuem Anorak fährt Norbert in den Urlaub. Blaß, verheult und mit Vaters abgetragener Wattejacke kommt er zurück. „Na prima!" röhrt Frau Zesch. „Kaufen wir eben ´n Neuen, wir ham´s ja. Zustände müssen das sein! Ich war ja gleich dagegen, daß der Bengel fährt. Da wird fast das ganze Heim über die Feiertage nach Hause gelassen, und wir können zusehen, wie wir die Rotzlöffel hinterher wieder in die Reihe kriegen, so dreckig und frech wie die sind.

Ins Besinnungsstübchen gehört so was. Nu glotz nich so! Da glotzt der mich an wie ´ne Elchkuh. Ab! Bring deinen verkeimten Schrank in Ordnung. Zustände sind das!"

Es geht in Ostdorf um das große Ganze, nicht um das kleine Persönliche. Das kleine Persönliche gerät dann ins Blickfeld, wenn es die Aufrechterhaltung des großen Ganzen in Frage stellt. Das passiert selten, aber es kommt vor.

Im vergangenen Frühling haben sich gleichzeitig acht Jungs dazu durchgerungen zu überprüfen, ob ihre Umerziehung, schon so weit gediehen ist, daß sie sich allein draußen zurechtfinden können.

„Undankbares Volk!" hörte ich ihren Erzieher zu Herrn Dumpke sagen. „Gestern abend durften sie noch bis halb zehn fernsehen, und nachts hauen sie einfach ab."

Im Verlaufe der darauffolgenden Tage verfolgte ich mit großem Interesse die Berichte der Wiedereingefangenen. Die Jungs waren natürlich Helden, und deshalb störte es sie vermutlich weniger, als es sollte, daß sie, wie es hier nach Entweichungen üblich ist, die Haare kurzgeschoren bekamen und eine Woche lang in Holzpantinen und ausgewaschener Arbeitskleidung herumlaufen mußten. Wir hörten und erkannten sie auf große Entfernung und dachten nicht ohne Hochachtung: Das sind sie also.

Ich erinnere mich deutlich: Am Morgen, als das Verschwinden der acht bemerkt wurde, hatten wir Fahnenappell. Der Heimleiter stand mit blutunterlaufenen Augen vor der großen Eingangstreppe. Hinter ihm waren acht Paar Holzpantinen aufgereiht. Er wies auf die Pantinen und verkündete: „Die von euch, die länger hier sind, wissen, für wen dieses Schuhwerk vorgesehen ist. Es werden keine vierundzwanzig Stunden vergehen, da haben die Pantinen ihre Besitzer gefunden. Gnade ihnen Gott, es dauert länger!"

Er sollte beinahe recht behalten. Schon als wir am Mittag von der Schule kamen, warteten nur noch sieben Pantinen auf ihre Träger. Martin hatte es mit der Angst zu tun bekommen und war freiwillig zurückgekehrt. Das erwies sich als ganz praktisch, denn unser einziges Besinnungsstübchen hätte einen größeren Andrang ohnehin nicht verkraftet.

Am späten Nachmittag wurden Ricky und Alf zurückgebracht. Man hatte sie im Wald gefunden, schlafend, keine zwei Stunden vom Kinderheim entfernt. Jetzt standen noch fünf Paar Pantinen bereit. Wir spannen uns die wildesten Geschichten aus.

Am nächsten Morgen sahen wir noch ganze vier Pantinen stehen. Was war geschehen?

Jens hatte sich dadurch verdächtig gemacht, daß er in der Stadt einen Polizisten, den er für seinen Freund und Helfer hielt, danach fragte, welche Straße nach Moßbach führt. Der Polizist konnte die Frage so ohne weiteres nicht beantworten, was nicht verwunderlich ist, denn vierhundert Kilometer weit vermag vermutlich selbst der beste Polizist nicht zu denken.

Ulf versuchte sich Fahrgeld zu verschaffen, indem er ein Bündel nagelneuer Zeitungen von einem Zeitungskiosk entwendete, um sie der Volkswirtschaft als Sekundärrohstoff zur Verfügung zu stellen. Das Gelingen dieses Planes wäre ohne Zweifel möglich gewesen, wenn Ulf zuvor das schwarze Kunstlederfutteral der Post entfernt hätte. Sein Kommentar: „Ungebündelt nehmen sie sie doch nicht gern an."

Peter, der dritte der nachts Zurückgebrachten, war per Anhalter gefahren und hatte dem Autofahrer mit der Zeit so ziemlich seine ganze Lebensgeschichte einschließlich Kinderheim aufgedrängt. Als er das Auto verließ, in dem

Glauben, schon sonstwo zu sein, fand er sich auf dem Heimhof wieder.

Längst waren die vierundzwanzig Stunden vergangen. Die letzten beiden Pantinenpaare aber standen noch da und verkündeten: Man kann es also doch schaffen.

Erst am Ende des zweiten Tages hörten wir, daß René in einem anderen Bezirk gefaßt worden war und irgendwo im Durchgangsheim weilte. Er bekam seine Pantinen mit einigen Tagen Verspätung.

Fehlte noch Olaf, die Nummer acht. Ich sah ihn zwei Wochen nach seinem Verschwinden vor dem Büro in einem Auto sitzen, neben ihm ein dicker, mir unbekannter Mann. Ein anderer Mann, den ich ebenfalls nicht kannte, holte Olafs Sachen aus dem Heim, stopfte sie in den Kofferraum, setzte sich ans Steuer, und ab ging die Fahrt. Olaf, der mutmaßliche Anstifter und Kopf der Entwichenen, wurde in ein anderes Spezialkinderheim verlegt.

Der Ausgang der Pantinengeschichte erweckte in mir keineswegs ein Nachahmungsbedürfnis, im Gegenteil. Ich begnügte mich weiter damit, mein Löwenzahnprivileg auszunutzen, das es mir erlaubte, bis an die Grenzen von Ostdorf vorzudringen, denn das ist schon viel für einen Schloßbewohner. „Freßt, ihr langohrigen Dummköpfe!“ sagte ich, „freßt, bis euch das Grünzeug zu den Löffeln rauskommt! Wer weiß, wozu ihr die Energie noch brauchen könnt.“ Das ließen sich die blöden Karnickel nicht zweimal sagen.

Meine mir so ans Herz gewachsene tägliche Stunde mit Katharina Lenz sollte eines Tages durch einen unglücklichen Vorfall ernsthaft gefährdet werden:

Wir hatten prachtvolles Wetter in G., und deshalb beschlossen Katharina und ich, unser Plauderstündchen an der frischen Luft zu verbringen. So lustwandelten wir denn durch das Wäldchen hinter dem Wirtschaftsgebäude und erzählten über dieses und jenes. Der Geruch der aufkeimenden Flora war drüsenaktivierend wie stimmungshebend. Das wäre so ein Tag zum Sand-ins-Uhrwerk-Streuen, dachte ich und gab einen Vers von Götke zum besten. Zwei schwachsinnige Gärtner ritten kichernd auf den Stielen ihrer Harken an uns vorüber, das Geräusch der Waschmaschine in der Waschküche vermischte sich mit dem Gesang der Vögel und rief in mir Erinnerungen an die goldenen Zeiten des Ventildienstes wach.

Mitten im schönsten Sentimentalitätendusel teilte mir Katharina plötzlich mit, daß sie diesmal nur eine halbe Stunde Zeit habe, der Chef erwarte sie noch. Da war nichts dran zu rütteln. Sie begleitete mich bis zur Station zurück und verschwand.

Und wie ich so vor dem Stationseingang stand, fiel mir ein, daß man da drinnen noch gar nicht mit mir rechnete, was mich dazu veranlaßte, sofort auf dem Absatz kehrtzumachen. Anna würde sich sicher freuen, einen unverhofften Besuch von mir zu bekommen. Ich wäre auch gern bei Gregor vorbeigegangen, aber ich verspürte wenig Lust, Brückner zu begegnen, der als Pädagoge meinem Mutismus etwas skeptischer gegenüberstand als Dr. Lenz, der Psychomensch.

Die Waschküchentür war nur angelehnt. Ich dachte, jetzt kommst du rein, Gregor lümmelt im Wäschewagen, das Ventil ist kaputt, die Welt also in Ordnung. Jedoch das war sie ganz und gar nicht. Es dauerte allerdings einige Augenblicke, bis ich die Situation vollkommen erfaßte:

In der Manier des triebtollen Lüstlings sprang kein Geringerer als Brückner, das Schwein, zwischen den Wagen umher und versuchte, einige gekeuchte Imperative von sich gebend, Annas habhaft zu werden, die ihrerseits keinerlei Bereitschaft zeigte, seinen Forderungen nachzukommen. Der Saukerl, so puterrot und schweißtriefend er sein mochte, legte eine beängstigende Ausdauer an den Tag. Zweimal bereits hatte er Anna für Sekundenbruchteile an ihrem Kittel zu fassen gekriegt. Und urplötzlich stand er ihr in einer Sackgasse aus hochbeladenen Wäschewagen gegenüber und grunzte, wie es sonst nur das liebe Vieh tut. Ich bekam ein sehr ungutes Gefühl im Unterbauch.

Es war getan, eher als gedacht, da hatte ich schon den großen Schlauch von der Wand, sprang auf einen der Wagen in Annas Nähe und machte dem Brückner die Hose so naß, wie er es aus eigener Kraft nie fertiggebracht hätte. Auch sparte ich, während ich meinen Strahl munter ins Schwarze plätschern ließ, nicht mit verbaler Kritik, welche im großen und ganzen aus einer Aneinanderreihung von Schimpfwortschöpfungen bestand.

Meine Ergüsse verfehlten nicht die beabsichtigte Wirkung. Das Dumme war nur, daß mein Redeschwall nicht im Geringsten zu meinem bis dahin so wohlbehüteten Sprachverlust paßte.

Dieser Widerspruch wäre in klassischster Weise dazu geeignet gewesen, die Entwicklung entscheidend voranzutreiben, wenn sich Brückner nicht parallel zu meiner Entgleisung erpreßbar gemacht hätte.

Es bedurfte keiner besonderen Absprache zwischen uns. Er hatte nichts gehört, wenn ich nichts gesehen hatte.

So geriet an diesem Tag doch noch Sand ins Uhrwerk, aber nun war es das Werk einer Zeitzünderbombe.

Gut, ich hätte Anna ermutigen können, Brückner anzuzeigen, vielleicht hätten wir sogar das Wiedererlangen meiner Sprache glaubhaft als Schockresultat dargestellt, nur was wäre dann aus meinen therapeutisch so wichtigen Stunden mit Katharina geworden? Also ließen wir lieber die Finger davon und erzählten selbst Gregor nichts über den Vorfall, damit der, frei von Ängsten, seine Stöpsel weiterpfropfen konnte.

Auch in Ostdorf erscheint es wenig angebracht, wegen jedem kleinen Gewaltausbruch Klage zu erheben. Wo kämen wir hin, wenn alle gebackpfeiften Knaben weitererzählen würden, was sie unter dem sinnesverwirrenden Einfluß körperlichen Schmerzes für einen meldepflichtigen Vorfall halten? Und, nicht zuletzt, wem sollten sie davon erzählen?

Ein Fall ist nur dann ein Vorfall, wenn er aus dem Umfeld der Normalfälle hervorragt. Ragt er also nicht hervor, so ist er entweder kein Vorfall, oder er ist ein von Vorfällen umgebener Vorfall, was ihn wiederum zum Normalfall macht. Das scheint logisch und erklärt einiges.

Den Normalfall anfechten hieße, das System anfechten. Das wäre dumm, so dumm, daß es selbst meine schwachsinnigen Kameraden begreifen. Deshalb bitten sie lieber am nächsten Tag für das, was mit ihnen passieren mußte, den, der es mit ihnen gemacht hat, um Entschuldigung. Soviel Einsicht ist mit einem Kringel gar nicht aufzuwiegen.

Wenn die Jungs doch auch untereinander zu derartigem Entgegenkommen in der Lage wären. Aber nein, es vergeht so gut wie kein Tag, an dem sich nicht wenigstens zwei in den Haaren liegen wegen irgendeines Mistes. Der letzte Rest an Verstand wird in den Schlagabtausch investiert, welcher aus einer nicht enden wollenden Kette von Vergeltungs- und Gegenvergeltungsschlägen besteht, die einander möglichst an Wirksamkeit überbieten sollen.

Das ginge vermutlich bis zur Kampfunfähigkeit so weiter, wenn nicht stets irgendein Aufsichtsverpflichteter die Arena beträte, dazwischenhiebe wie ein Wilder und erklärte: „Ich habe euch schon hundertmal gesagt, daß ihr eure Probleme nicht mit der Faust lösen sollt! So könnt ihr das draußen auch nicht machen, später, wenn ihr erwachsen seid.“

In der Tat, draußen würde das manuelle Austragen zwischenmenschlicher Konflikte einiges Aufsehen erregen. Wie sagte Herr Dumpke gestern: „Wer im Sommer entlassen werden soll und draußen draußen bleiben will, muß langsam zeigen, daß er sich entsprechend verhalten kann. Nu grins nich so blöd, Norbert! Stockdumm, Mathe fünf, Lesen fünf, Rechtschreibung fünf, aber grinst wie ´n Honigkuchenpferd, rasend kann mich so was machen!“

Manchmal beunruhigt mich der Gedanke, in wenigen Monaten im sogenannten Draußen zu sein, wenn nichts dazwischenkommt. Fast alle, die drinnen sind, freuen sich auf draußen, ich auch, aber die Aussicht hat zugleich etwas Beängstigendes. Wer steigt schon gern auf ein Spiel ein, dessen Regeln ihm nicht vertraut sind? Mir scheint, da geht es mir ähnlich wie Nilo mit seinen Rommékarten:

Danilo wird von Kindesbeinen an ohne nennenswertes Zutun seiner Eltern erzogen. Als Kleinkind war er im Normalheim, als Schulkind kam er ins Hilfsschulheim, seit über drei Jahren ist er im Spezialheim. Er hat sich in diesen Einrichtungen derartig eingelebt, daß man mit Fug und Recht sagen kann: Er ist heimisch geworden.

Als wir im vergangenen Jahr mit dem Hauswirtschaftsunterricht begannen, kam er gar nicht mehr aus dem Staunen heraus über das riesige Brötchen, das auf dem Tisch lag. Trotz seiner beinahe legendären Verfressenheit sah er im Alter von vierzehn Jahren zum erstenmal ein Brot, das noch nicht in Scheiben geschnitten war.

Jedenfalls hat irgendwann, irgendwo jemand Nilo ein Romméblatt geschenkt. Im Laufe der Jahre begriff er die Regeln und fand Freude an dem Spiel. Rommé wurde zu seiner zweitliebsten Beschäftigung.

Jedes Weihnachten wünschte er sich neue Karten und bekam sie, denn die alten waren durch tägliche Handhabung so unansehnlich wie unvollständig geworden.

Nilos Spielkunst vervollkommnete sich merklich. Er ließ sich erstaunliche Tricks einfallen, von denen der mit den zusätzlichen Jokern, die er bei Bedarf geschickt aus der Hosentasche zauberte, noch der plumpste war. Nilo beherrschte die Spielregeln, Nilo beherrschte die geheimen Kniffe, und weil seine Kameraden die Rommé-Regeln kaum und die Kniffe gar nicht durchschauten, hattte er ständig Erfolgserlebnisse. Kamen aber nun Norbert oder Mathias mit einem Schwarzer-Peter-Spiel, es sei ganz einfach, zierte er sich, hatte keine Lust auf Karten, höchstens auf Rommé, denn da wußte er, wo´s lang ging.

Was weiß ich schon von dem vielbesprochenen Draußen? An die Jahre im Kinderwagen kann ich mich kaum erinnern, während meiner Ausfahrten in der Rollstuhlära waren mir keine eigenen Schritte erlaubt, und als ich sie trotzdem ging, gelangte ich wieder nach drinnen. Löwenzahnpflückend bewege ich mich auch nicht weiter, als ich darf, und täte ich es, müßte ich damit rechnen, Holzpantinen verpaßt zu bekommen. Ein einziges Mal im Leben bildete ich mir bisher wirklich ein, endlich das Draußen kennenlernen zu können.

„Was hast du eigentlich erwartet?!“ schnauzte mich Gregor an. „Meintest du, der Lenz findet keinen passenderen Adoptivsohn als so einen halbgewalkten Strumpfnahtfetischisten wie dich? Hast du im Ernst einen Augenblick lang daran geglaubt, daß das gutgehen kann?“

Ja, ich hatte. Und jetzt war mir sehr nach Anteilnahme zumute. Statt dessen schmiß Gregor mir voller Treffsicherheit eine Wahrheit nach der anderen an den Kopf, ließ mich hören, was ich im Grunde längst wußte, nur nicht wahrhaben wollte, und erwies sich somit wieder einmal als echter Freund.

Mein Ausflug in das sogenannte Privatleben hatte zwei Monate zuvor relativ harmlos begonnen: Katharina machte mir eines Tages das freundliche Angebot, den Samstag mit ihr und ihrem Mann zu verbringen, damit ich auch mal was anderes zu sehen bekäme als immer nur Klinik. Ich zögerte keinen Augenblick, die Einladung anzunehmen. Es war ein schöner Sonnabend, wie hätte es in Katharinas Gegenwart anders sein können. Allein durch ihre Nähe mußten sämtliche Versuche der Lenz´, mich zu erbauen, einfach gelingen. Ich wußte beider Bemühungen zu würdigen und bedankte mich beim Doktor, indem ich, als wir am Abendbrottisch saßen, nach langer Zeit endlich auch ihm gegenüber mein Schweigen brach.

Er war regelrecht entzückt darüber, plötzlich zum Kreis der mein Vertrauen genießenden Personen zu gehören. „Da kannst du mal sehen, Katharina!" sprach er, „Ein geradezu lehrbuchgemäßer Verlauf!" und ließ sich die Butter reichen.

Nach dem Abendbrot kam Sport im Fernsehen. Und als Dr. Lenz so im Sessel lag und alle paar Minuten einen raschen Blick an die Uhr vergeudete, muß in ihm der Gedanke gereift sein, mich nicht, wie es eigentlich geplant war, bis neunzehn Uhr zur Klinik zurückzubringen. „Katharina", verkündete er, „Katharina, du kannst mir doch ein Bier bringen!" Worauf die ihn daran erinnern wollte, daß er noch Auto fahren müsse. „Muß ich nicht", setzte er seine Mitteilung fort, „warum soll Jakob nicht über Nacht hierbleiben und auch morgen, am Sonntag, es täte ihm bestimmt gut. Wozu haben wir schließlich das Gästezimmer?!"

Gegen diesen wohlmotivierten Vorschlag war nichts einzuwenden.

Ich freute mich sehr, noch in Katharinas Nähe bleiben zu dürfen. Sie rief in der Klinik an, dann machten wir uns zu zweit über den Abwasch her, und schließlich nahmen wir an dem niedlichen runden Tischchen Platz, um uns miteinander zu unterhalten.

Aber unser Gespräch verlief nicht in der gewohnten Lockerheit, wurde gestört von der körperlichen Anwesenheit Lenz´, obwohl dieser, wie es schien, nur ein Ohr für den Sportreporter hatte.

Da saßen wir nun beide in einer Situation, die nicht dreisam war, nicht zweisam sein konnte, somit der Einsamkeit am nächsten kam, und lächelten unsere Verlegenheit über das Tischchen.

„Wozu hast du Lust?" fragte Katharina. „Was würdest du gern machen?"

„Baden", antwortete ich wahrheitsgemäß, „ich habe noch nie in einer richtigen Wanne gelegen."

Nachdem ich es mir eine reichliche halbe Stunde in dem heißen Wasser hatte wohl sein lassen, klopfte es an der Tür, und Katharina fragte, ob sie reinkommen dürfe. Sie brachte ein Badetuch und einen Bademantel. „Es ist meiner, ich hoffe, das stört dich nicht. Mein Mann ist da etwas eigen", sagte sie und setzte sich auf den Toilettendeckel.

„Du hast wirklich noch nie gebadet?"

Ich schüttelte den Kopf.

„Und noch nie hat dir jemand den Rücken gewaschen?"

„Doch, doch", beeilte ich mich zu erwidern, „wenn wir duschen gehen, machen wir das manchmal gegenseitig."

Sie stützte die Ellbogen auf die Schenkel, legte ihr Kinn in die Hände und blickte mich eine Zeitlang schweigend an.

„Dreizehn Jahre bist zu jetzt?“

„Warum fragen Sie?“

Und plötzlich stand sie auf, nahm die Seife aus der Dose, befahl mir, mich vorzubeugen, und machte sich über meine Rückseite her.

Nilo, mein Obermieter und Oberrückenschrubber! Wenn du dieses Handwerk auch nur annähernd so gut beherrschen würdest, würde ich dir zum Dank Himbeersirup ins Medizinfläschchen füllen oder sechs Joker schenken und was weiß ich noch alles. Aber du bist kein zärtlicher Einseifer, sondern ein übler Erinnerungsverpester. Während Katharinas Hände über meinen Rücken fahren und nicht müde werden, duftenden Schaum bis in den letzten Winkel zu tragen, hast du, wie sollte es anders sein, mit deiner Verdauung zu tun.

Es wäre wahrscheinlich vergeblich, dir das Gefühl nachempfindbar machen zu wollen, welches mich erst ergriff, als ich auch noch ihren Bademantel anziehen durfte.

Ich trug ihren Geruch auf meinem Leib, und ich bildete mir ein, die Form ihres Körpers zu fühlen. In eigenartiger Weise, als stecke Katharina selbst noch in dem Kleidungsstück, vermittelte mir die Berührung mit dem Stoff eine erregende Vorstellung von ihrer Nacktheit.

An der Stelle, wo meine Brust war, wußte und empfand ich ihre Brüste. Auf die gleiche Art spürte ich die Form ihres Hinterns, ihrer Schenkel, ihres Bauches, ganz so, als befände ich mich mit ihr gemeinsam in dem Mantel, aber nicht neben ihr, sondern als wären wir völlig ineinander übergegangen.

Auch während der Nacht im Gästezimmer trennte ich mich nicht von dem verzaubernden Gewand, schlief mit ihm, schlief mit Katharina und lag zum ersten Mal seit beinahe zehn Jahren wieder in einem Bett, das nicht aus weißbemaltem Stahlrohr bestand.

Am anderen Tag erwachte ich sehr früh, freute mich, nicht der Sonntagmorgenlaune irgendeines Erziehers ausgesetzt zu sein, freute mich auf die Stunden mit ihr. Noch immer fand ich sie in dem Gewebe, noch immer war ich glücklich.

Am Abend dieses Sonntags, nachdem Lenz mich wieder in die Klinik zurückgebracht hatte, kam ich mir zum erstenmal sehr falsch vor in G.

Sechstes Heft

Alles hat seine Grenzen.

Was sich schon vor Stunden ankündigte, ist jetzt eingetreten. Meine Taschenlampe wird mir nicht länger zur Erleuchtung dienen. Mondlicht ist angesagt, gardinengesiebte Erhellung aus dem All. Auf die kann man sich zwar auch nicht verlassen, aber heute nacht scheine ich ein überirdisches Wohlwollen zu genießen, wie ich an dem klaren Himmel und dem vollen Planeten ablesen zu können glaube.

> „Wenn ich die Schnauze wieder mal so richtig gestrichen voll hab, guck ich mir die Sterne an, das is was Reelles. Dann guck ich und guck ich, und plötzlich wird mir die Winzigkeit dieser ganzen Erde klar. Dann vergeß ich glatt für ´ne Weile, daß ich kein Geld mehr inner Tasche hab´ und kein´ Tropfen zu trinken dabei."
>
> Onkel Günther

Daß er mir gerade jetzt einfallen muß. Ich habe ihn insgesamt vielleicht fünf- oder sechsmal gesehen, den berüchtigten Onkel Günther, den Bruder Katharinas. Gern wüßte ich, was aus ihm geworden ist.

Er war nie so richtig auf dem Posten, wenn er kam. Lenz hat immer höllisch aufgepaßt, daß er auch schön seine Tabletten nimmt, solche Wunderpillen, die machen sollen, daß einem kein Schnaps mehr schmeckt, weil sie einen umhauen, wenn man welchen getrunken hat. Die Dinger waren sozusagen seine Eintrittskarte in das Wochenende bei den Lenz´.

Er kam nicht regelmäßig, aber er kam immer wieder, aus Mangel an Geld, Essen, Kohlen und ähnlichen Dingen, die es wert zu sein schienen, diese Tortur auf sich zu nehmen. Ich mochte Onkel Günther gern.

Eigentlich fand ich ihn schon interessant, bevor wir uns zum erstenmal begegneten, denn man hatte bereits bei meinem ersten Wochenendbesuch im Hause der Lenz´ versucht, mich auf sein eventuelles Erscheinen vorzubereiten. „Es kann sein“, hieß es, „daß er kommt. Er hat niemanden außer uns. Du brauchst dich nicht zu wundern über sein Äußeres und was er so erzählt, sag einfach Onkel Günther zu ihm.“

Daß ich überhaupt etwas zu ihm sagen würde, verbot sich aufgrund meines Mutismus von selbst. Allein er kam an jenem Wochenende nicht, zudem hatte ich die auf ihn einstimmenden Worte unter dem Eindruck des Wannenbades und der darauffolgenden Regungen rasch vergessen.

Alltag war wieder angesagt, Schule bei Brückner, reges Gruppenleben, eine Stunde Katharina, Lesen auf dem Klo, abends vielleicht zu Gregor, wenn der richtige Erzieher Dienst hatte. Ich war unzufrieden und machte mir Sorgen. Was ist, dachte ich, wenn Lenz, nachdem sich meine Zunge in einem Anflug sentimentaler Schwäche auch ihm gegenüber gelöst hatte, es nicht mehr für nötig erachtet, daß seine Frau sich um mich kümmert!? Worauf soll ich mich dann freuen in den übrigen dreiundzwanzig Stunden? Ohne Vorfreude macht das ganze Leben keinen Spaß.

Vorfreude ist Freude der Bewegung. Man nähert sich zusehends einem angestrebten Ziel, und dieses Näherrücken macht, daß man alle Lästigkeiten auf dem Weg dorthin mit Leichtigkeit bewältigt. Was konnte mich der ganze scheinheilige Brückner jucken, solange die Aussicht bestand, in wenigen Stunden Katharina wieder zu sehen. Wie konnten mir die Begegnungen mit Katharina über werden, solange ich sie mit dem Gefühl beendete, daß wir uns noch immer in Bewegung aufeinander zu befanden.

Freude hat, glaube ich, stets etwas mit Zustandsänderung zu tun.

Ich habe mich seinerzeit lange mit Gregor darüber unterhalten, ob dieser Hans im Märchen, der einen Goldklumpen gegen ein Pferd eintauscht und am Ende nur noch einen Schleifstein hat, der ihm auch noch in den Brunnen fällt, zu beneiden oder zu bemitleiden ist.

„Er ist genauso beneidenswert oder bemitleidenswert wie du und ich und jeder andere", meinte Gregor. Die Lehre des Märchens sei, daß Glücksempfinden durch Gewohnheit zerstört werde, durch Veränderung jedoch erzeugt werden könne, weshalb der materielle Wertabfall von Goldklumpen nach Schleifstein völlig belanglos sei. „Klar?"

Vor kurzem erinnerte mich eine Beobachtung an Gregors Worte: Fredi hatte zu Weihnachten eine Quarzuhr bekommen – Freude über Freude. Das war wenigstens nicht so ´n olles Ding mit Zeigern, mit dem er sich im Mathematikunterricht hin und wieder quälen mußte.

Getreu der literarischen Vorlage brachte er es innerhalb einer Woche fertig, mehrere Tauschhandel zu vollziehen, und so oft er tauschte, freute er sich. Neue Quarzuhr gegen kaputtes Miniradio – kaputtes Miniradio gegen Polizeiauto mit Fernsteuerung – Polizeiauto mit Fernsteuerung gegen ein abgegriffenes Kartenspiel – abgegriffenes Kartenspiel gegen zehn Briefmarken mit Hunden darauf – zehn Briefmarken mit Hunden darauf gegen eine bunte Glasmurmel, die ihm, da er ihr auf dem Schulhof nachjagte, beinahe ein Pausen-P eingebracht hätte. Daraufhin ließ er die Murmel in den Gully rollen, denn ein Klumpen Glas war es nicht wert, dafür das kostbare Tageslob aufs Spiel zu setzen.

Freilich muß es nicht immer derartig abwärts gehen mit dem Wert der Freudenspender wie bei Hans oder Fredi. Es kann auch passieren, daß eine Fee in schwarzen Nahtstrumpfhosen erscheint und sagt: „Lieber Jakob, wir haben uns entschlossen, dich zu uns zu nehmen, probehalber, denn wir glauben zu wissen, was dir fehlt außer der Sprache. Zur Klinikschule mußt du natürlich weiterhin gehen, aber das fällt dir ja nicht schwer. Also schnür dein Bündel und folge mir, sofern du mit unserem Vorschlag einverstanden bist!" – Und sie kam tatsächlich, diese Fee.

So wurde aus dem Gästezimmer im Hause der Lenz´ ein Kinderzimmer, mein Kinderzimmer, mein Zimmer für mich allein, in dem ich bei zweihundert Watt Beleuchtung hätte Hefte vollschreiben können bis zum Umfallen, wenn mir danach zumute gewesen wäre, zwei Monate lang.

So ein Stück Privatsphäre ist eine feine Sache, so ein Ort, wo man hingehen kann und allein sein, ohne daß jemand sofort Suchaktionen nach einem einleitet.

Eine Toilette mit Vorhang, wie sie mir in Ostdorf gelegentlich zum Rückzug offen steht, kann dem Vergleich mit einem eigenen Zimmer nicht standhalten. Die Unterschiede sind zu gravierend.

Hier ist selbst das stille Örtchen kein stilles Örtchen. An den Geruch gewöhnt man sich, nicht aber daran, daß alle paar Minuten jemand den Vorhang aufreißt und die blöde Frage stellt, ob man bald fertig ist. Außerdem wird es von den Erwachsenen immer mit Argwohn registriert, wenn jemand länger auf dem Klo sitzt als gewöhnlich. Da kann es schon vorkommen, daß man sich den Verdacht gefallen lassen muß, ein „alter Wichser" oder „Palmenschüttler" zu sein.

Wenn sich gleichzeitig zwei Jungs über einen längeren Zeitraum zurückziehen, drängen sich noch weit kühnere Vermutungen auf. Oft genug allerdings erweisen sich diese Annahmen als richtig. Wer nicht mit sich selbst zufrieden ist, hat keine andere Wahl, als auf die eigenen Geschlechtsgenossen zurückzugreifen. Ich möchte wissen, wie sich Frau Zesch behelfen würde in einer Umgebung ohne Männer.

Jedenfalls ist es mir unter den gegebenen Umständen nicht vergönnt, auf der Toilette in befriedigender Ungestörtheit meinen Gedanken nachzuhängen, es sei denn, das Fernsehprogramm bindet die Aufmerksamkeit der Erzieher.

Gut, ich habe noch mein Löwenzahnamt und den Karnickelstall, um mal für mich zu sein, aber dort fesseln mich meine wissenschaftlichen Untersuchungen.

Manchmal frage ich mich, wie lange es, wenn ich erst entlassen bin, dauern wird, bis die Karnickel alles, was ich ihnen beigebracht habe, wieder vergessen haben. Daß sie es vergessen, steht für mich außer Frage. Sie werden ihrer Natur folgen, wie sich das für richtige Tiere gehört, voller Undank ihrem Lehrer Jakob gegenüber.

Dann ist der schon unter den Fittichen der Gesellschaft hervorgekrochen, die ihm viele Jahre lang Wärme und Schutz gespendet haben, und steht da in seiner Blöße in den eigenen vier Wänden. Dann muß er sich selbst um sich kümmern. Keine Katharina klopft an die Tür: „Jakob, das Essen steht auf dem Tisch!“, kein Dr. Lenz versucht, ihn für das Sportgeschehen zu begeistern, kein Onkel Günther fesselt ihn mit seiner Sternenphilosophie.

Es war am ersten Wochenende während meiner Probeadoptivzeit, da klingelte es plötzlich.

„Gehst du mal, Jakob!“ rief Katharina. „Ich hab grad Teig an den Händen.“

Ich öffnete die Tür und wußte sofort: Er ist es, das ist der Mann, zu dem ich Onkel Günther sagen soll. Er war groß, hager, unrasiert, hatte graues, aber volles Haar, trug eine klobige Hornbrille. Seine Kleidung bestand aus einem fadenscheinigen schwarzen Anzug, darunter trug er ein graues Hemd und eine schmuddelige graue Krawatte. Die Schuhe glänzten, in der Hand hielt er einen weißen Plastebeutel.

„Ist Katharina zu Hause?“

Ich nickte.

Er betrat das Haus und brachte einen kräftigen, aber nicht unangenehmen Geruch nach Tabak mit herein, hustete. „Ist der Doktor auch da?“ fragte er noch im Flur.

Ich schüttelte den Kopf.

Wieder ein kurzer Hustenanfall: „Dann is ja man gut.“

Katharina kam, er umarmte sie. „Was bäckst´n?“

„Pflaumenkuchen“, erwiderte Katharina, „Wenn du rauchen willst, kannst du mit in die Küche kommen.“

Die beiden gingen in die Küche, ich folgte ihnen.

Während Katharina Pflaumen auf den Teig drückte, saß Onkel Günther am Tisch und begann sich eine Zigarette zu drehen. Ich lehnte am Türrahmen und wußte nicht recht, wie ich mich verhalten sollte.

„Ich krieg die Mischung einfach nicht hin“, brummte er und leckte am Zigarettenpapier. „Shag isses nich, und Krauser isses nich, und beides zusammen isses auch nich. Kommt alles nich ran, aber is besser als gar nichts.“

Er zündete seine Selbstgedrehte an, zog genüßlich den Rauch ein, hustete und fragte, wobei er mit dem Kopf kurz in meine Richtung wies: „Wer is ´n das?“

Katharina schob den Kuchen in den Herd. „Das ist Jakob."

Daraufhin wandte er sich mir zu, streckte seine Hand aus und sagte: „Na, denn". Das war alles. Ich erinnere mich deutlich daran, daß ich erschrak, denn nie zuvor hatte ich eine derart rauhe und harte Hand geschüttelt.

Wenig später erschien Lenz. „Hat er seine Tabletten schon genommen?"

Katharina verneinte und holte eine blauweiße Pappschachtel aus dem Küchenschrank.

Ich hasse dieses ganze Medikamentenzeug wie die Pest. Morgens Medikamentenausgabe, mittags Medikamentenausgabe, abends Medikamentenausgabe. Die allzu Munteren sollen müde gemacht werden, die allzu Müden munterer, die Unausgeglichenen sollen ausgeglichen werden und die Unangeglichenen angeglichen. So ungefähr soll die Sache funktionieren, aber genau weiß das hier keiner.

„Fredi!" sagt Herr Bayer, „Was ist los mit dir? Seit wann hast du es nötig, bei Norbert abzuschreiben?"

„Ich will ja gar nicht", piepst Fredi, fängt an zu heulen, aber verrenkt sich weiterhin den Hals in Richtung seines Nachbarn.

„Fredi!" ruft Herr Bayer. „Was soll das?! Bleib bitte auf deinem Heft!"

Nichts da, Fredi heult lauter, ändert jedoch nichts an seiner verwerflichen Haltung.

„Fredi!!" droht Herr Bayer.

Da endlich quiekt es aus Fredi heraus: „Ich krieg den Kopf nicht mehr grade!"

Das stimmte. Selbst mit Gewalt war Fredis Gesicht nicht wieder nach vorn zu bewegen, den halben Vormittag lang.

Es stellte sich heraus, daß ein kleiner Fehler bei der Medikamentenzuteilung für Fredis starke Neigung zu Nachbar Norbert gesorgt hatte. So etwas kann einem durch die Einnahme von Himbeersirup glücklicherweise nicht passieren.

Für Onkel Günther kamen die Tabletten aus dem Lenzschen Küchenschrank einem Vorschlaghammer gleich, den Schwager Walter ihm aus lauter Fürsorglichkeit an den Schädel haute.

Bei der Verkostung des Pflaumenkuchens war er nicht anwesend, hatte, wie man deutlich hören konnte, eine längere Unterredung mit dem Toilettenbecken, die von Zeit zu Zeit durch das Rauschen der Spülung unterbrochen wurde.

Als Katharina und ich den Abwasch machten, tauchte er dann wieder in der Küche auf, bat um einen starken Kaffee, rauchte seine Selbstgedrehten, hustete.

„Wollt ihr nicht beide ´n bißchen an die frische Luft gehen?“ schlug Katharina vor.

Wir wollten.

Ich bin kein Mensch, der sich dermaßen an den Schönheiten der Natur begeistern kann, daß er darüber alle Ärgernisse vergißt. Sonst müßte ich jeden Sonntag vormittag vor Freude zerspringen, wenn wir durch die lange nicht von Menschenhand berührte Umgegend Ostdorfs hasten. Wirklich schön finde ich die ganze Spazierengeherei nur, wenn ich dabei ein gutes Gespräch führen darf, was hier aus naheliegenden Gründen ausgeschlossen ist.

Die Zeiten der guten Gespräche liegen lange zurück. Ganze vier Namen fallen mir in diesem Zusammenhang ein: Gregor, Anna, Katharina, Onkel Günther, nicht mehr, aber auch nicht weniger. Das waren Leute, bei denen ich die Hose von der Seele lassen konnte und die dasselbe mir gegenüber fertigbrachten, nicht gleich und nicht gleich weit und selten bis in die seelischen Kniekehlen, doch darauf kam es schließlich nicht an.

Dieser Entblößungsvorgang hat nur entfernte Verwandtschaft mit dem, bei dem es um richtige Hosen geht. Dafür ist der mit den richtigen Hosen in Ostdorf gar nicht so selten anzutreffen. Manchmal wird er genutzt, um die im Mathematikunterricht erworbenen Kenntnisse über die Maßeinheiten der Länge sowie den Vergleich mit Begründung zu festigen. Die Entblößung der Seelen befindet sich hier noch im Versuchsstadium:

Es ist Mittagszeit. Im gefüllten Speisesaal herrscht schweigsame Geschäftigkeit. Plötzlich ertönt aus der Richtung, wo die 6/II sitzt, ein nicht zu überhörendes „Nein!", ein klares Wort, gesprochen von Fräulein Breitmeier.

Wenig später, quasi zur Bekräftigung und deshalb etwas lauter, sagt sie: „Nein, sag ich!"

Und noch ein wenig später, diesmal erheblich lauter, folgt endlich die Erklärung für das bisher Gesagte: „Du glaubst doch nicht etwa, daß du Nachschlag bekommst, wenn du aus der Schule drei Pausen-P's mitbringst!" Worauf sich uns, den Zuhörern, erschließt, wer derjenige ist, der drei Pausen-P's hat und trotzdem noch Hunger.

„Aber ich ... ", klagt der lange Jan, weiter kommt er nicht, bevor ihm Fräulein Breitmeier das Wort abschlägt.

Da erhebt sich der Gedemütigte, gibt einen bemerkenswerten Schrei von sich, kehrt das Hinterste der Augen nach vorn, begibt sich mehr tänzelnd als laufend durch den Saal, stößt zwecks Beschimpfung des gesamten Kinderheimes einen bitterbösen Vergleich aus, den Goethe noch nicht hätte begreifen können, und beendet seine eigentümliche Fortbewegung an der Tür, um dort mit dem Hauptteil der Protestkundgebung zu beginnen.

In der Tat gelingt es ihm, das Publikum weiterhin zu fesseln, denn einen Kopf, der immer wieder mit scheinbar voller Kraft gegen eine halbwegs stabile Holztür geschlagen wird, bekommt man nicht alle Tage zu sehen. Die Tür ächzt, das Holz beginnt zu bersten, Jan findet kein Ende.

Zufällig sind keine Männer im Speisesaal. Ein Schüler wird durch die Essenausgabe zum Büro geschickt. Als er zurückkommt mit Herrn Storch, dem Erziehungsleiter, scheint der Hauptteil der Vorstellung bereits beendet zu sein. Die Tür ist lädiert, Jan steht in Verteidigungsstellung mitten im Speisesaal, hechelt wie ein Hund, und seine Augen bewegen sich ruckartig hin und her, hin und her, hin und her.

Langsam, sehr langsam geht Herr Storch auf ihn zu. „Jan“, uhut er, „niemand tut dir etwas.“ – Zwei Schritte – „Du brauchst keine Angst zu haben.“ – Zwei Schritte – „Keiner will dir etwas Böses.“ – Wieder zwei Schritte – „Wir verstehen deine Sorgen, Jan!“ – Da steht er vor ihm.

Herr Storch tritt noch dichter, tritt ganz dicht an Jan heran, und während er behutsam seinen Arm auf die Schulter des immer noch erregten Knaben zu legen versucht, uhut er die entscheidende Frage: „Jan! Hör mal, Jan! Weißt du eigentlich, was Vertrauen ist?“

Der Arm liegt auf der Schulter, die Frage ist gefragt, und hast du nicht gesehen und vor allem gehört, setzt der lange Jan dem Herrn Storch sein spitzes Knie dermaßen gekonnt in die Eier, daß wir alle vor Mitgefühl die Schenkel zusammenpressen.

Die Frage nach dem Vertrauen wird zugunsten der Machtfrage aufgeschoben. Jan darf die Haltbarkeit seines

Schädels drei Tage lang an der Eisentür des Besinnungsstübchens auf die Probe stellen.

„Wie hältst du das nur aus, Jung, mit den beiden so Tag für Tag?“ fragte Onkel Günther, nachdem wir einige Minuten lang schweigend nebeneinander hergegangen waren. Er hatte die Frage in einem Tonfall gestellt, der anzeigte, daß er keine Antwort von mir erwartete. Vielmehr nahm ich seine Frage als eine Aussage, in der er verriet, daß er es nicht lange aushalten könne bei den Lenz´.

Obwohl also keine Erwiderung meinerseits erforderlich schien, verspürte ich diesem Onkel Günther gegenüber ein unwiderstehliches Mitteilungsbedürfnis. Während wir ziellos am Rande der Landstraße entlangtippelten, erzählte ich ihm, daß ich eigentlich, genauer gesagt offiziell, verstummt sei, und welche Rolle der Mutismus für meinen Werdegang gespielt habe und noch spiele.

„Das is gut“, sagte er hin und wieder und schüttelte dabei lachend den Kopf. „Und der Doktor glaubt immer noch daran? Das is gut.“ Ich wußte, daß Onkel Günther mich nicht verraten würde.

Es war ein sehr vergnüglicher Spaziergang. Wir verließen die Landstraße und suchten uns einen Rückweg durch den Wald. Nach zwei Stunden sahen wir das Haus der Lenz.

„Weißt du was“, sagte Onkel Günther, während wir durch den Vorgarten gingen, „du bist ein schlauer Fuchs. Wenn ich damals auch rechtzeitig meine Schnauze gehalten hätte, müßte ich jetzt nicht auf diesen verdammten Klingelknopf drücken.“

Und wenn ich damals ein braver Mutist geblieben wäre, würde ich vermutlich nicht um zehn vor drei in einem Spezialbett im Spezialheim liegen und mondscheingebleichte Spezialheftseiten vollkritzeln, beladen mit dem Risiko, entlarvt zu werden.

Nach dem Frühstück am Sonntag war Onkel Günther wieder verschwunden. Ich ging in die Bodenkammer, wo er die Nacht verbracht hatte. Sein weißer Plastebeutel lag noch dort.

„Er ist Schachspielen bei seinem Kumpel", gab Katharina zur Auskunft, „dort geht er jeden Sonntagvormittag hin, wenn er hier ist", und während sie die Frühstücksteller ins Abwaschbecken gleiten ließ, fügte sie hinzu: „Durch sein Aussehen solltest du dich nicht täuschen lassen."

Wohl wahr, das sollte man nicht. Wenn einer ein Froschgesicht hat, muß er nicht auch noch das Bedürfnis haben, sich wie ein Frosch zu bewegen. Es sei denn, gewichtige Gründe sprechen dafür.

Frau Zesch ist solch ein gewichtiger Grund. „Fröschlein!" spricht sie, „mach doch noch mal, du weißt schon was!"

Wie kann Fröschlein, der mit bürgerlichem Namen Klaus Reimann heißt, in die fünfte Klasse geht und seine Augen mit denen einer Erdkröte getauscht haben muß, da widerstehen? Er hockt sich also hin, macht „Quaaak" und hüpft, macht „Quaaak" und hüpft, macht „Quaaak" und hüpft, bis der Flur zu Ende ist.

„Ich könnt mich jedesmal wegschmeißen", grölt Frau Zesch, „als Frosch bist du einfach unschlagbar."

Das Bemerkenswerteste an Fröschlein ist, daß er die Hüpfnummer manchmal auch scheinbar unaufgefordert abzieht, einfach so, zur Freude seiner Mitmenschen. Hätte er Edgar Allan Poe gelesen, wüßte er, was zu tun ist.

Daß ich seit meinem Einzug bei den Lenz´ unter einem Dach mit zwei prallgefüllten Bücherregalen lebte, war so ziemlich der einzige Fakt, um den Gregor mich ernsthaft beneidete. Ich wußte seinen Neid zu schätzen und nutzte die Nachmittagsstunden, während der Katharina und ihr Mann noch in der Klinik waren, zum Stöbern in Lenz´ Hausbibliothek.

Meine Vermutung, daß es sich bei den Büchern in den Regalen hauptsächlich um Fachbücher handelte, erwies sich als richtig. Zuerst war ich etwas enttäuscht darüber und beschränkte mich auf das Anschauen der teilweise recht abstoßenden Fotografien darin. Es ist doch kaum zu glauben, dachte ich, was es alles für bemerkenswerte Krankheitsbilder gibt. Aus lauter Langeweile stellte ich mich mit der fotografischen Vorlage vor den Spiegel und schnitt Grimassen. Mit der Zeit jedoch genügte es mir nicht mehr, bei der Erscheinung stehenzubleiben. Ich begann zu lesen, las, was unter den Bildern stand, las die Abschnitte, die sich auf das jeweilige Bild bezogen, las ganze Kapitel.

Wenn ich vormittags in der Schule saß und vor mich hin schwieg, freute ich mich schon richtig darauf, am Nachmittag wieder etwas dazulernen zu können.

Durch mein tägliches intensives Studium von Fachliteratur erwarb ich mir während meiner Probeadoptivzeit bei den Lenz´ ein zwar amateurhaftes, jedoch nicht unerhebliches Wissen über die wichtigsten, durch Veränderungen im Zentralnervensystem hervorgerufenen Normabweichungen der Spezies Mensch.

Klein und lächerlich kam mir mein wohlbehüteter elektiver Mutismus vor im Vergleich zu dem Überangebot an weit aufsehenerregenderen Entgleisungen der Natur. Kurz vor siebzehn Uhr stellte ich brav die Bücher ins Regal zurück und begab mich in die Küche, um das gemeinsame Abendbrot vorzubereiten.

Die Tage vergingen ohne besondere Höhepunkte. Jetzt, da ich Katharina täglich mehrere Stunden sah, flachten unsere Unterhaltungen immer mehr ab, sofern wir überhaupt miteinander ins Gespräch kamen. Eine beängstigende Monotonie machte sich breit, bestehend aus Mahlzeiten, Haushaltsbewältigung, Fernsehen. Alle gemeinsam und jeder für sich!, hätte die Devise lauten können, oder: Einsam durch den Abend zu dritt!

Zäher noch waren die Wochenenden. Drei Samstage lang hoffte ich vergeblich auf das plötzliche Erscheinen von Onkel Günther. Erst nach einem Monat tauchte er wieder auf.

Er sah zum Fürchten aus und wurde am laufenden Band von Hustenanfällen geschüttelt. Abermals erfolgte die Prozedur mit den Tabletten, an die sich das große Kotzen anschloß. Wir wollten uns beide gerade zwecks Fortsetzung unseres Gespräches zum Spaziergang aufmachen, als es an der Tür klingelte.

Die Frau meines lieben Lehrers Brückner hatte sich auf den kurzen Weg von vier Häusern weiter gemacht, um ein schwerwiegendes Anliegen bei den Lenz´ loszuwerden. Hundert Zentner wog dieses Anliegen und war just vom Kohlenmann vor dem Brücknerschen Häuschen abgeschüttet worden. Ihr Mann, mit seinem beängstigend schwächlichen Rückgrat, wäre mehr als überfordert damit, sähe quasi schwarz ob der vielen Kohle, „Hi, hi, hi“, und da doch gerade, wie sie rein zufällig gesehen hätte, der gute Onkel Günther zu Gast sei, harte Arbeit gewohnt und einem entsprechenden Entgelt sicher nicht abgeneigt, habe sie sich gedacht, fragen koste ja nichts, ob nicht vielleicht die Möglichkeit bestände, ihn für diesen Freundschaftsdienst zu gewinnen.

Ich finde Kohlenschippen gar nicht mal so schlecht. Das ist wenigstens eine Arbeit, wo man hinterher sieht, was man geschafft hat.

Einmal mußte ich zusammen mit Nilo per Schubkarre einen Zweihundert-Zentner-Kohleberg verlagern, weil er an der falschen Stelle abgeladen worden war. Die richtige Stelle befand sich sechs Minuten weiter. Wir haben eine ganze Woche damit verbracht, den Berg Karre für Karre abzutragen und woanders wieder aufzuschütten. Das war zwar eine Schinderei, aber nicht ohne Reiz und sogar ein Extralob wert beim Montagmorgenappell.

Die Kohlenaktion bei den Brückners vertiefte meine Beziehung zu Onkel Günther. Es gab verschiedene Beweggründe, die mich dazu veranlaßt hatten, ihn beim Schippen der Brücknerschen Kohlen zu unterstützen, edle und weniger edle.

Jedenfalls entdeckte ich an diesem Samstagnachmittag eine Art von Zusammengehörigkeitsgefühl, wie es nur dadurch zustande kommen kann, daß man sich gemeinsam mit derselben Sache plagt, denselben Dreck in Mund und Nasenlöcher kriegt und denselben Leck-mich-am-Arsch-Gedanken beim Anblick des völlig nutzlos umherspringenden, trainingshosenschlotternden Brückners.

Schmalzstullen von der Frau des Hauses, sozusagen Hausmannskost, „Hi, hi, hi". Bier für den Herrn des Hauses, Brause oder Selters für Onkel Günther und mich, sie wisse ja, wie´s um ihn stehe, keine Schande, kein Geheimnis, eine Krankheit halt wie jede andere. Und Dank, Dank, vielen, vielen Dank, zwanzig Mark seien doch wohl angemessen, nicht wahr. Großes Winkewinke hinter dem Gartenzaun bei unserem Rückzug.

„Nichts da!“ sagte Onkel Günther und blieb dabei, „Du hast dich abgerackert, und ich hab mich abgerackert, also machen wir halbe halbe.“

Kohlenstaubgeschwärzt und zum Schrecken Katharinas hielten wir gemeinsam Einzug im Badezimmer der Lenz´.

„Schrubb mir mal den Rücken, Jung!“ bat er.

Ich tat es mit Freuden.

Nachdem wir den sportlichen Fernsehabend halbwegs unbeschadet überstanden hatten, es gab Knabberzeug für alle und Wein für alle Nichtalkoholiker, zogen wir uns in die angestammten Schlafgemächer zurück.

Mitten in der Nacht verspürte ich plötzlich einen mächtigen Drang nach Entleerung meines Weinballons, verließ das Zimmer und begab mich auf leisen Sohlen zur Toilette. Auf dem Rückweg entdeckte ich, daß in der Küche Licht brannte.

Onkel Günther saß in Unterwäsche am Küchentisch, rauchte, schien sich über mein nächtliches Auftauchen zu freuen, wie ich seinem Lächeln entnehmen konnte.

„Kannst auch nich schlafen, Jung?“

„Die Blase“, erwiderte ich und zog mir einen Schemel unter dem Tisch vor, „darf ich?“

„Klar doch!“ sagte er, worauf ich ihm gegenüber Platz nahm.

„Soll ich uns was zu trinken besorgen?“

Er schüttelte den Kopf. „Laß man, Jung, höchstens ´n starken Kaffee.“

Während ich die Kaffeemaschine bediente, zog Onkel Günther schweigend an seiner Selbstgedrehten, hustete, starrte ins Leere.

„Was machst du eigentlich die Woche über?“ fragte ich, wobei ich mich wieder auf dem Schemel niederließ.

Er beschrieb mit der Hand eine Was-weiß-ich-Geste, „Dieses und jenes, was halt so anfällt an Dreckarbeit. Hab zur Zeit keine feste Arbeit, zuviel blaugemacht.“

„Und da kann man von leben?“

„Siehst ja, wie man kann.“

Es folgten einige Minuten beklemmenden Schweigens. Das Prasseln der Kaffeemaschine hätte lauter nicht sein können. Um meinem wachsenden Unbehagen zu begegnen, stürzte ich mich in übertriebene Geschäftigkeit, suchte umständlich nach der Sahne, dem Zucker, den Löffeln, obwohl ich genau wußte, wo sich alles befand. Vor allem jedoch suchte ich nach Aufschub, Aufschub für meine Fragen, die mir langsam, aber sicher die Zungenspitze breitdrückten. Und als ich nichts mehr fand, das ich vor mein „Warum?“ und „Wie?“ hätte schieben können, war nicht ich es, der endlich das Schweigen brach, sondern Onkel Günther selbst.

Was ich erfuhr in dieser Nacht, sollte mich noch lange beschäftigen. Wahrscheinlich hätte ich Onkel Günthers Geschichte, wenn sie mir von jemand anderem erzählt worden wäre, ganz einfach nicht geglaubt. Seiner Erzählung aber mußte ich glauben, denn es waren nicht allein die Worte, die mich davon überzeugten, daß sich alles wirklich so zugetragen hatte. Es war die ganze Person Onkel Günthers, seine Stimme, die anfänglich nur nüchtern berichtete und zusehends von einem Beben erschüttert wurde, sein Hände, die Gedanken auf Gedanken formten und Zigarette auf Zigarette, sein Blick, der dem meinen schon bald nicht mehr begegnete, sich irgendwo in einem Punkt verlor, den nur er wahrnehmen konnte, sein Atem, sein Husten, sein zerfurchtes Gesicht, seine erbärmliche, graugewaschene Unterwäsche, seine gesamte Erscheinung in dieser nächtlichen Küche. Unfähig zu einem Wort, einer Geste hörte ich mir an, was er zu sagen hatte, hörte die haarsträubende Geschichte eines völlig sinnlosen und deshalb um so tragischeren Verlustes.

Um einer guten Idee willen hatte er den Beruf, die Familie und letztendlich seine Gesundheit eingebüßt. All das lag Jahre zurück und wurde nun durch mein Interesse vom Grunde seiner Seele emporgewirbelt. Abgrundtiefe Verachtung, wie ich sie ihm nicht zugetraut hätte, lag in seiner Stimme, als er mir von seinen damaligen Vorgesetzten erzählte.

Ingenieur war Onkel Günther gewesen, Abteilungsleiter in einem großen Betrieb, und hatte eines Tages einen Verbesserungsvorschlag anzumelden, der etwas mehr zum Inhalt hatte als die Idee, Stahlblech durch Plaste zu ersetzen. Des Lobes voll war man in der Betriebsleitung, konnte gar nicht genug schmeichelnde Worte finden, die zu nichts anderem dienen sollten, als das große „Aber“ einzuläuten. Eine Sache mit Zukunft, eine tolle Idee, ein Renner, im Prinzip gern, jederzeit und immer, aber nicht gerade jetzt.

„Warum eigentlich nicht?“ fragte Onkel Günther und hob, da er meinte, sie hätten ihn nicht richtig verstanden, abermals an, ihnen den Nutzen der Sache zu erklären.

Sie lehnten ab, nicht nur einmal, mehrmals, und nach der letzten Aussprache, der sechsten, als Onkel Günther endlich begriffen hatte, daß er sich und den Fortschritt nicht durchzusetzen vermochte, verkündete er, bevor er die Tür ins Schloß warf, daß man jenseits der Grenze seiner Idee gegenüber mit Sicherheit nicht so abgeneigt sei wie diesseits.

Das ließ sich überhören, zumal man mehr als froh darüber war, daß Onkel Günther endlich ein Einsehen in die Aussichtslosigkeit seines Unterfangens hatte und somit alles weiter seinen gewohnten Trott gehen konnte.

Bis nicht sehr lange danach auf dem Weltmarkt ein neues Verfahren vorgestellt wurde von einer jenseitigen Firma gleicher Gattung, jedoch offenbar ganz anderen Schlages. Und diese Firma brachte Onkel Günthers Betrieb um seine Exportaufträge.

Das war Grund genug, sich auf Onkel Günthers Verbesserungsvorschlag zu besinnen, wobei offenbar wurde, daß der im Kern nichts anderes zum Inhalt gehabt hatte als jene neue Methode von jenseits.

Es folgte eine hochnotpeinliche Befragung und noch eine und noch eine, und immer wieder beteuerte Onkel Günther, er habe mit der Sache nichts zu schaffen. Und dabei blieb er.

Allen Beteuerungen zum Trotz wurde er dennoch seines Postens enthoben, sicherheitshalber sozusagen.

Von da an machte Onkel Günther das Dasein keinen rechten Spaß mehr, höchstens wenn er einen in der Krone hatte.

Und bald darauf schwand auch bei seiner Frau die Lebensfreude, obwohl er sich bemühte, nicht jede Nacht besoffen nach Hause zu kommen.

Und schließlich konnte selbst Onkel Günthers Betrieb nicht mehr viel mit ihm anfangen, weil er meist, wenn überhaupt noch, zu spät auf Arbeit erschien.

Und so trennten sich endlich die Frau und der Betrieb von Onkel Günther, weil so was ja auf die Dauer nichts ist, und noch manche Frau und mancher Betrieb sollten sich seither aus demselben Grund von ihm trennen.

Und manchmal, meinte er, habe er einfach das Bedürfnis, sich den Frühstücksteller nicht selbst vorsetzen zu müssen, deshalb wäre er hier, das sei alles.

Er griff zum Zigarettenpapier, bemühte sich, eine Zigarette zustande zu bringen, gab es schließlich auf, trank in einem Zug seinen kalt gewordenen Kaffee, sagte „Gute Nacht, Jung!“ und ging.

Siebentes Heft

Wenn man zu lange auf dem Bauch gelegen hat, meldet sich das Rückgrat.

Paß auf, Jakob! Schnell holt man sich einen Knacks weg!

Ich habe das Signal empfangen, aber die restlichen drei Stunden will ich weiterschreiben, muß ich noch aushalten, dann erst ist die Nacht vorbei, dann wird aufgestanden.

Herr Dumpke müßte Dienst haben, wenn ich mich nicht irre. Mir ist völlig schleierhaft, warum er gerade Erzieher geworden ist. Er könnte sein Geld in einigen anderen Berufen verdienen, denn handwerklich beherrscht er so ziemlich alles.

Unter seiner Anleitung haben wir letzten Winter die Wände unseres Gruppenraumes mit Holz getäfelt. Ein holzgetäfelter Gruppenraum im Spezialheim! – Wer hat den schon? Und was ist der Dank: Vandalismus, Randale und Bambule. Selbst ein Perserteppich würde daran nichts ändern.

Solch edle Wohnstatt, möchte man meinen, sollte deren Nutznießer dazu animieren, den ganzen Tag über fröhlich zu singen wie die Kanarienvögelchen. Aber sie tut es nicht.

Wenn wir singen, singen wir das Wochenlied. Das muß sein, denn bei der Überprüfung des Gruppengesangs am Freitag wollen wir schließlich nicht den letzten Platz einnehmen im Wettbewerb. Außerdem dienen die Wochenlieder zur würdigen Beendigung unserer Montagmorgenappelle, weshalb sie zwangsläufig alle im Viervierteltakt stehen und auch vom Text her dem Charakter der Veranstaltung entsprechen.

Einmal im Jahr, am Vorabend des 1. Mai, zeigt es sich dann, daß unser umfangreicher Liedschatz auch außerhalb der Umzäunung von Nutzen sein kann. Was für ein Ereignis!

Reges Treiben herrscht vor dem gräflichen Schlosse. Unser Schulleiter, ein riesiges Akkordeon vor der Brust, marschiert mit Pickelhubert, der die große Trommel bedienen darf, um die Blumenrabatte. Das Akkordeon gibt Liedfetzen zum besten, und die Trommel macht dazu bum – bum – bum, bum, bum. Wer nachher an der Spitze gehen will, muß vorher fleißig üben.

Schon erscheinen die ersten Gruppen auf dem Heimhof, finden sich zur großen Prozession zusammen, weißgekleidete Gruppen, blaugekleidete Gruppen und weißgekleidete Gruppen mit blauen Farbsprenkeln dazwischen.

Inzwischen sind auch die Lehrer und Lehrerinnen erschienen, tragen rote Nelken an der Kleidung, bilden eine eigene Formation, die hinterste.

Ganz vorn aber stehen Pickelhubert und der Schulleiter, heben plötzlich an, ihre Instrumente zu drangsalieren, und schon beginnt das Spezialkinderheim Ostdorf, sich in Bewegung zu setzen, bum – bum – bum, bum, bum.

Gesang erhebt sich, Kampflied um Kampflied wird zum Kanon gemacht, der Schulleiter jedoch mit dem Akkordeon läßt sich nicht beirren, gibt nicht auf, spielt weiter, immer weiter, so gut er eben kann.

Mit großer Aufmerksamkeit verfolgen die zahlreichen alten, kranken und anderweitig verhinderten Dorfbewohner von ihren Fenstern aus die Demonstration. Und vorwärts, immer vorwärts bewegt sich der Zug bis hin zum Dorfplatz. Dort, vor dem Gedenkstein, dem alten, wartet bereits die Bürgermeisterin, hält einen Zettel in Händen, ist erfreut über solchen Andrang, denn mit unserem Erscheinen hat sich die Zahl derer, die ihrer feierlichen Ansprache harren, mindestens verzehnfacht.

Nichts kann die Bürgermeisterin aus ihrem Konzept bringen, nicht die Beifallsbekundungen der Trinker vor der HO-Verkaufsstelle und schon gar nicht das Gelächter der Dorfjugend, die es vorzieht, vom Buswartehäuschen aus an dem Ereignis teilzuhaben.

Nur hin und wieder dringt eine Mitteilung aus der Festrede bis an mein Ohr. Trotz dieses akustischen Problems gelingt es mir, den Ideengehalt der Ausführungen vollständig zu erfassen. Applaus, Applaus selbst von der Bushaltestelle. Alle Anwesenden sind eingeladen zu einem kleinen Marsch durch unser schönes Ostdorf.

Bum – Bum – Bum, bum, bum. Noch längst nicht ist unser Liedrepertoire erschöpft. Aber die Ostdorfer Bürger sind es, kehren zurück in ihre Häuser und überlassen uns, den Zöglingen des Spezialkinderheimes nebst unseren Lehrern und Erziehern, die abendliche Straße in ihrer ganzen Schönheit, auf der wir dem Ruf des Akkordeons Folge leisten, das uns binnen weniger Minuten sicher wieder heimführt.

Bei nächster Gelegenheit werden wir – so war es bisher immer – im Deutschunterricht unsere Fähigkeit im Erzählen von gemeinsamen Erlebnissen vervollkommnen. Ort – Zeit – Personen – Tätigkeiten. Halte die Reihenfolge ein! Beschränke dich auf das Wesentliche! Achte auf die Satzanfänge! Erzähle in der Vergangenheit! Na, dann wolln wir mal:

Ort: G., das Lenzsche Haus – Zeit: früher Nachmittag – Personen: Ich, Katharina Lenz, Dr. Walter Lenz.

Katharina begann, das Mittagsgeschirr in den Küchenschrank zu räumen. Ich war noch beim Abtrocknen. Dr. Lenz betrat die Küche, stellte sein Autowascheimerchen unter den Wasserhahn.

„Ob er heute wieder kommt, dein Bruder?“

„Woher soll ich das wissen“, entgegnete Katharina gereizt, „ich staune jedesmal, daß er überhaupt noch hier erscheint.“

„Töne sind das“, sagte Lenz, „soll ich es vielleicht gutheißen, daß er sich Wochenende für Wochenende ins gemachte Nest setzt?“

Katharina schüttelte den Kopf. „Dein Eimer läuft über.“

Lenz drehte das Wasser ab, ergriff das Wascheimerchen und war schon so gut wie aus der Küche, als er noch einmal stehenblieb.

„Abgesehen davon tue ich wenigstens etwas gegen seine Krankheit. Oder meinst du, ich gebe ihm die Tabletten zum Spaß? Hast du schon einmal ... “

Weiter kam er nicht, denn ein Suppenteller, den ich gerade mit dem Geschirrtuch bearbeitet hatte, entglitt meinen Fingern und zerschellte auf dem Fußboden.

„Kannst du nicht aufpassen!“ entfuhr es dem Doktor.

Katharina und ich sammelten die Scherben in den Mülleimer. Noch immer stand ihr Mann in der Tür. Ich nahm einen neuen Teller, rubbelte ein bißchen mit dem Geschirrtuch darauf herum und einen Augenblick später fiel auch der wieder runter.

„Das kann´s doch nicht geben!“ ereiferte sich Lenz.

„Ich weiß auch nicht, was mit mir los ist“, stammelte ich und begann zu wanken, „den ganzen Vormittag über fühle ich mich schon so schlapp.“

Vor lauter Wankerei und Schlappheit stieß ich mit der Hüfte gegen den Küchentisch, kippte ihn dabei etwas an, und die an seinem Rande stehenden Gläser folgten dem Gravitationsgesetz, wie es sich gehörte. Lenz machte Chaosaugen, Katharina mußte sich das Lachen verkneifen.

Ich ließ mich auf einen Schemel sinken, schüttelte den Kopf und beteuerte, daß mir völlig schleierhaft sei, wie das passieren konnte. Gut, Halsschmerzen hätte ich gehabt vorhin, aber die Lutschtabletten aus dem Küchenschrank hätten sofort geholfen.

„Welche Lutschtabletten?" riefen Katharina und ihr Gatte wie aus einem Mund.

„Die aus der blauweißen Schachtel", sagte ich, „aber bemüht euch nicht, sie sind jetzt alle."

„Alle?"

„Ja alle, es warn ja nur noch drei drin."

Platsch machte das Autowascheimerchen, klirr machte das Kehrblech, auf das Katharina gerade die Scherben fegte.

„Der Junge muß sofort seinen Magen entleeren!"

Da war ich schon aufgesprungen, rannte zur Toilette, kniete mich vor das Toilettenbecken und ließ einige mörderische Würgerufe erschallen, genau in die Richtung, in welche Onkel Günthers Tabletten vor einer reichlichen Stunde hinabgesogen worden waren.

Während sich die Lenz in meinem Rücken bemühten, Erkundigungen mein Befinden betreffend einzuholen, machte ich mir Gedanken über den weiteren Werdegang meiner Vergiftung, und es schien mir durchaus angebracht, die Vorführung noch eine Zeitlang auszudehnen.

Also führte ich mir die drastischen Erscheinungsbilder einiger Nervenleiden, wie ich sie aus der Fachliteratur erfahren hatte, vor das geistige Auge und beschloß, das anteilnehmende Publikum mit einem großartigen Anfallscocktail noch besorgter zu machen, als es ohnehin schon war. Das gelang mir vollkommen.

Mitten im schönsten Schüttelkrampf klingelte es jedoch, und wenig später betrat Onkel Günther in Katharinas Begleitung die Szene.

Dies hielt ich für den richtigen Moment, die Wirkung der Tabletten langsam ausklingen zu lassen. Mehr noch: Ich beschloß, daß der Schock, den ich erlitten hatte, mir meine seinerzeit teilweise verlorengegangene Sprache nun endlich gänzlich zurückgeben sollte.

„Bist du es, Onkel Günther?“ fragte ich laut und wohlartikuliert und sprach damit seit Beginn meines Mutismus den ersten Satz in Gegenwart der Lenz´ zu einem Dritten.

Onkel Günther, der meinen Kopf hielt, erkannte den Ernst der Situation.

„Ich werd verrückt“, sagte er, „mir scheint, der Jung kann wieder richtig sprechen.“

Ich war froh, die Leiden des Mutismus endgültig hinter mich gebracht zu haben, wie vorteilhaft mein Schweigen auch immer gewesen sein mochte. Manchmal muß man einfach die Klappe aufmachen, schon um sich vom Vieh zu unterscheiden.

So ein Karnickel kann nicht sagen, daß es lieber Löwenzahn fressen möchte als Mohrrüben. Es muß hinnehmen, was man ihm gibt. Und wenn man ihm ´ne Woche lang gar nichts gibt, frißt es hinterher glatt sonstwas. „Weißkohl ist Scheißkohl – Rotkohl ist Todkohl“, besagt ein altes Züchtersprichwort. Was schert das die ausgehungerten Langohren. Die haun rein ohne Überlegung. Überhaupt lassen sie, wie ich in zahlreichen Experimenten nachweisen konnte, die unmöglichsten Sachen mit sich anstellen für ein bißchen Futter.

Der Mensch aber, je nach individueller Beschaffenheit, bringt es gelegentlich fertig, das Hirn zu gebrauchen und „Halt!“ zu sagen, „bis hierher und nicht weiter!“

Wer sich zum Widerspruch entschließt, sollte meiner Erfahrung nach zuvor jedoch immer kalkuliert haben, ob überhaupt ein Sinn darin besteht. Die Fähigkeit zur Kalkulation geht freilich dem Schwachsinnigen so gut wie völlig ab.

Wenn Norbert sich im Mathematikunterricht darüber beschwert, daß wir nur immer rechnen, macht er sich allenfalls damit lächerlich. Ebenso verhält es sich mit Danilos Ansinnen, der alle paar Wochen, wenn sich seine Mißerfolge im Umgang mit der deutschen Sprache wieder einmal so richtig häufen, vehement fordert, nun endlich Russischunterricht zu erhalten. Dies sind zwei typische Fälle von sinnloser Einspruchserhebung.

Aber hin und wieder gibt es auch Gelegenheiten, da werden wir regelrecht dazu aufgefordert, eine eigene Meinung zu haben:

„Nun, Mathias, wen würdest du denn als FDJ-Sekretär vorschlagen?“ fragt Herr Dumpke während der jährlichen Wahlversammlung.

Kurze Denkpause, dann zaghaft: „Fredi vielleicht?“

„Und kannst du uns deine Meinung auch begründen?“

„Er gibt anderen immer von seinen Süßigkeiten ab.“

Gelächter.

„Das ist schön von Fredi. Doch dir fällt bestimmt noch ein anderer Grund ein?!“

Erneute Denkpause.

„Er hört immer auf das, was die Lehrer und Erzieher sagen.“

„Schon besser! – Norbert, was hältst du denn von Fredi?“

Heftiges Kopfschütteln. „Den sein Zahnputzbecher is immer dreckig.“

Gelächter. Fredi fängt an zu heulen.

„Hast du einen anderen Vorschlag, Norbert?“

„Hm! – Ich will der FDJ-Sekretär sein."

Räuspern.

„Nilo, Norbert hat sich eben selbst vorgeschlagen, was hältst du davon?"

Nilo springt auf.

„Setz dich, setz dich, wir sind nicht in der Schule!"

„Ach so, ja, also, Norbert geht nicht als FDJ-Sekretär."

„Aha! Und sag uns allen bitte noch, warum!"

Zögern.

„Heraus damit!"

„Er faßt immer andere Jungs ins Geschlecht."

Großes Gelächter.

„Ich sehe schon, so kommen wir nicht weiter. Was haltet ihr denn", kurzes Blättern im Heft, „von Ronny? Mir fallen da gleich mehrere gute Gründe ein."

„Ja, Ronny ist gut."

„Ich bin auch dafür."

„Klar, nehmen wir Ronny."

„Kommen wir also zur Abstimmung."

Darf Jakob nun alleine im Hause der Lenz´ bleiben, wenn die beiden am Montagnachmittag zum Kolloquium fahren, oder darf er nicht? So stand eines denkwürdigen Abends die Frage im Raum. Drei Tage wären zwar keine Ewigkeit, doch müsse man sich gut überlegen, ob es angebracht sei, mich für solch eine lange Zeit mir selbst zu überlassen.

Kühnste Zuversicht siegte am Ende über kleinliches Mißtrauen, und so kam der Augenblick, in dem ich winkend am Straßenrand stand, hinter mir das leere Lenzsche Haus und vor mir reichliche sechzig Stunden Selbstüberlassenheit.

Was fängt man an in solch einer ungewohnten Situation? Man schaltet das Radio ein, fläzt sich aufs Sofa und freut sich erst einmal ein Weilchen. - Und dann?

Dann könnte man ein ausgedehntes Bad nehmen, sich endlich mal wieder den Bademantel der Dame des Hauses anziehen und darüber nachdenken, was man als nächstes tut.

Während des Überlegens könnte plötzlich ein hocherotischer Entdeckerdrang in einem aufkeimen, dem man nicht zu widerstehen vermag, der einen zuerst von Zimmer zu Zimmer führt, später von Schrank zu Schrank und schließlich von Schubfach zu Schubfach.

Man könnte sich Damenunterwäsche anziehen und schwarze Nahtstrumpfhosen oder an fremden Kopfkissen riechen. Aber immer wüßte man, daß damit die Suche noch nicht beendet ist.

Zwangsläufig wird man zurückkehren zu den Schubfächern, und zwar zu denen, die verschlossen sind, denn dort, nur dort kann die Unruhe ein Ende finden.

Die Faszination des Vorenthaltenen, des Geheimnisvollen ist ungeheuer. Alles, was man gesehen, erlebt, besessen hat, schmilzt zusammen zu einem kläglichen Nichts bei der Vorstellung von dem, was hinter dem Schloß auf seine Entdeckung wartet.

Vor kurzem ist ein Junge entlassen worden, Ralf Tampe, der hatte die Angewohnheit, Schlüssel zu sammeln. Sein Bedürfnis nach Schlüsseln aller Art war so unbezähmbar, daß er darüber zum Dieb wurde. Aber er klaute immer nur Schlüssel, nie andere Dinge. Es genügte ihm vollkommen, die Schlüssel zu besitzen und von Zeit zu Zeit zu betrachten. Dabei hätte er sonstwas anstellen können damit, meinetwegen die Akten aus Frau Mondlers Büro entwenden oder eine Massenentweichung mit Fahrrädern organisieren und was weiß ich noch alles.

Ralf und seine Sammlung hätte ich brauchen können, als ich versuchte, das verschlossene Schubfach in Lenz´ Schreibtisch zu öffnen. Mit Hilfe eines gebogenen Nagels gelang es mir endlich. Ich erinnere mich deutlich daran, daß ich vor Aufregung zitterte.

Im vorderen Teil des Faches häuften sich etliche Zettel, die, wie ich an der Schrift erkannte, von Lenz beschrieben worden waren. Ich zog das Schubfach bis zum Anschlag aus dem Tisch und entdeckte allerlei Krimskrams, wie Manschettenknöpfe, Kugelschreiberminen, eine Armbanduhr ohne Armband, leere Klebstofftuben, ein Benzinfeuerzeug, Briefumschläge, eine Streichholzschachtel, einen Pralinenkarton.

Ich nahm den Karton heraus und öffnete ihn. Er war gefüllt mit Fotografien.

Ich wünschte mir, meinen Augen nicht trauen zu müssen: Es handelte sich um Bilder, auf denen Katharina ihren nackten Körper in den unmöglichsten Posen zur Ablichtung darbot.

Die Fotos luden geradezu dazu ein, wenigstens gedanklich tiefer in die dargestellte Materie einzudringen. Dies tat ich mit wachsendem Erfolg. Doch sofort nachdem ich auf dem Höhepunkt meiner Überlegungen angelang war, ergriff ein Gefühl, halb Ekel, halb Scham Besitz von mir. Ich legte die Bilder wieder an ihren Platz zurück und war schon dabei, das Schubfach zu schließen, als ich eine merkwürdige Entdeckung machte.

Ich glaube, wenn man der Kunst des Lesens wirklich mächtig ist, liest man ununterbrochen, ohne daß es einem immer bewußt wird. Sozusagen alle Augenblicke werden dem Hirn irgendwelche schriftlichen Informationen zugeführt, die mehr oder weniger bedeutsam sind. Das passiert ganz automatisch, ganz unmerklich.

Aber plötzlich taucht da ein unbekanntes oder unerwartetes Wort auf. Man stutzt, liest noch einmal, diesmal beabsichtigt, und versucht sich einen Reim darauf zu machen.

Während eines Wandertages las ich von der Eisenbahn aus an einer Hauswand die Worte: „NIEDERLAGE DER" soundso „GESELLSCHAFT". Das verwirrte mich ungeheuer. Ich war zutiefst irritiert davon, ein dermaßen dem Üblichen widersprechendes Wort wie „NIEDERLAGE" entdeckt zu haben, noch dazu in so fetten Buchstaben, und brauchte ewig, um darauf zu kommen, daß hier möglicherweise nicht vom Gegenteil des Sieges die Rede war, sondern von weit profaneren Dingen. Niederlage – eine Zweigstelle, alles klar.

Was jedoch ist, wenn einem beim Stöbern im fremden Schreibtischschubfach plötzlich Worte beziehungsweise Abkürzungen ins Auge stechen, bei denen man gar nichts assoziiert, weil sie einem zum erstenmal im Leben begegnen?

Und was ist, wenn diese Worte sehr geheimnisvoll klingen und noch dazu sorgfältig auf eine Streichholzschachtel geschrieben worden sind?

In so einem Fall geht man nicht zum Bücherregal, um den Duden oder das Lexikon zu wälzen, nein, man tut das Nächstliegende: Man nimmt die Schachtel heraus, liest noch einmal halblaut die sonderbare Aufschrift, schüttelt, lauscht, glaubt, etwas gehört zu haben, und gestattet endlich dem Zeigefinger, die Dinge langsam, ganz langsam voranzutreiben. Gleich, so bildete ich mir ein, werde ich wissen, was die Beschriftung, dieses

„Pr. f. Skinner-Box“ bedeutet. Aber als ich den Inhalt der Schachtel sah, war ich keinen Deut klüger als zuvor, dafür jedoch im höchsten Maße erstaunt und angewidert: Lenz hatte in die Streichholzschachtel sechs lebendige Stubenfliegen eingesperrt.

Es gab übrigens keinen Grund zur Eile bei der Bestandsaufnahme, denn die Fliegen konnten nicht davonfliegen, waren eigentlich gar keine Fliegen mehr, weil jemand ihnen die Flügel ausgerissen hatte.

Mir drehte sich vor Mitleid beinahe der Magen um. Was, so fragte ich mich in einem Anflug philosophischen Denkens, müßte man wohl dem Menschen ausreißen, damit er kein Mensch mehr ist? Aber ich kam nicht darauf, sah den ehemaligen Fliegen auf ihren Wegen in der Streichholzschachtel zu und kam nicht darauf.

Einen Moment lang spielte ich mit dem Gedanken, ihnen die Freiheit zu schenken, verwarf ihn jedoch sofort wieder. Erstens wäre Lenz möglicherweise der Verlust aufgefallen, zweitens hätte die Befreiung der Fliegen keinen Nutzen gehabt. Nicht wiedergutzumachen war das, was man ihnen angetan hatte, und bei Lichte besehen noch schlimmer als in der schützenden Dunkelheit des Schreibtischschubfaches.

Ja, ich empfand Mitgefühl mit diesen flügellosen Wesen, obwohl ich mir gleichzeitig der Lächerlichkeit, ja Paradoxie jener Regung bewußt war, denn im Grunde, so sagte ich mir, sei es vollkommen unmöglich, den Verlust einer Sache, die man selbst nie besessen hat, wirklich mitzufühlen.

Des Philosophierens müde, schloß ich die Schachtel wieder und stellte sie, schon der Ordnung halber, dorthin zurück, wo ich sie gefunden hatte.

Wenn die Ordnung nichts taugt, taugt der ganze Mensch nichts. So etwa muß Frau Dumpkes Gedankengang gelautet haben, bevor ihr einige Stücken Bonbonpapier aus der Hosentasche und mitten in das Außenrevier der Konkurrenz fielen. Dies geschah fünf Minuten vor der Objektbegehung durch die Wettbewerbskommission, und ich, Jakob Leising, habe es ganz deutlich gesehen.

Armes Fräulein Breitmeier, dachte ich, während meine wachen Augen den Fortgang der Ereignisse verfolgten. Gern hätte ich ihr, meiner Lieblingshosentaschenkontrolleuse, geholfen, doch dazu war es bereits zu spät. Schon näherte sich die Kommission, an ihrer Spitze der Heimleiter, und wenn der etwas nicht übersieht, ist es Bonbonpapier. Welch eine Schande! Welch eine Sauerei! Welch ein Rückschlag im Wettbewerb!

Das Fräulein Breitmeier sammelte, der Chef tobte, Frau Dumpke wiegte dazu den Kopf, daß es eine wahre Freude war, ihr dabei zuzusehen. Man müßte viel öfter Gelegenheit haben, die Erwachsenen außerhalb ihrer üblichen Rolle zu beobachten. So was erheitert den tagtäglichen Umgang mit ihnen ungemein.

Die Krone im Kreis der Achtungsleichen, welche sich im Laufe meines Lebens an mir versucht haben, trägt selbstredend nach wie vor Nervenklinikschulmeister Brückner.

Wenn ich ihn sah, sah ich ihn automatisch als Zielscheibe meines Wasserschlauches in der Waschküche oder als zünftig gekleideten Nichtsnutz beim Kohlenschippen. Und ich sah ihn täglich außer am Wochenende. Selbst während der Tage, die ich allein im Lenzschen Haus verbrachte, wollte ich keinesfalls auf den mir zugedachten Bildungszuwachs verzichten.

Und wie ich so im Kreise meiner Klassenkameraden saß, Brückner redete gerade von Vögeln im Winter, mußte ich plötzlich an Gregor denken, der sich stöpselpfropfenderweise betätigte, und an Anna in der Wäscherei und daran, daß die Nächte draußen schon recht kühl waren.

Diese Gedankenverkettung brachte mich zwangsläufig auf eine Idee, die mich augenblicklich derartig begeisterte, daß ich alles daransetzte, sie schnellstmöglich in die Tat umzusetzen. Ohnehin war Eile geboten, denn ich verfügte nur noch zwei Tage lang über eine sturmfreie Bude.

Es ist schon erstaunlich, wieviel Phantasie der Mensch entwickelt, wenn er für eine Sache Feuer und Flamme ist. Da gibt es einfach nichts, was ihn bremsen kann.

Dank meiner Initiative kamen Gregor und Anna zu ihrer ersten und möglicherweise nach wie vor einzigen gemeinsamen Nacht in einem richtigen Schlafzimmer. Gregor pflegte nie große Dankesreden zu halten, aber ich bilde mir ein, den beiden wirklich eine Freude gemacht zu haben.

Als die Lenz´ zurückkehrten, fanden sie im Haus keinerlei Anzeichen dafür vor, daß ich mich ihres Vertrauens nicht gerade würdig erwiesen hatte. Der Alltag nahm schnell wieder seinen gewohnten Lauf.

Ab und an jedoch, während der ungestörten Stunden am Nachmittag, verspürte ich Lust auf einen Blick in das geheimnisvolle Schreibtischschubfach, zollte dem Pralinenkarton meinen Tribut und sah mitunter in der Streichholzschachtel nach dem Rechten. Auch dort war alles unverändert.

Was die Aufschrift der Schachtel betraf, tappte ich lange im dunkeln, und schließlich tappte ich gar nicht mehr, denn weder der Duden noch das Lexikon und andere Nachschlagewerke hatten mir Aufschluß geben können, und es gab weit interessantere Dinge als sechs flügellose Pr.-f.-Skinner-Box-Fliegen.

Interessant war beispielsweise nach wie vor die Konfrontation zwischen Katharina und ihrem Mann bezüglich Onkel Günther. An drei aufeinanderfolgenden Wochenenden hatte Katharinas Bruder sich nicht in G. sehen lassen. Ich ärgerte mich darüber, Dr. Lenz registrierte es mit Genugtuung, und Katharina begann sich ernsthaft Sorgen zu machen. Nach einer längeren Diskussion setzte sie endlich ihren Willen durch und begab sich auf die Reise.

Sie hat ihren Bruder nicht gefunden.

Ich sah Onkel Günther nie wieder. Vermutlich wird sein Verschwinden ein eben solches Geheimnis für mich bleiben wie die Haarfarbe der Anna-Maria Zablocki, meiner Mutter.

Der häusliche Frieden wurde durch das Onkel-Günther-Problem empfindlich gestört. Es ging um die Schuldfrage in den abendlichen Auseinandersetzungen, und wenn man der unerbittlich nachgeht, macht man auch vor den Gürtellinien nicht halt.

So was ist nichts für friedliebende Kinderohren, und schon gar nichts für Kindermünder, und schon ganz und gar nichts, wenn sie nur auf Bewährung anwesend sind. Jedoch konnte ich mich eines Abends einfach nicht des Dranges erwehren, meine Meinung, um die mich niemand gebeten hatte, in den Disput einzubringen. Das sollte einprägsame Folgen haben.

In Ostdorf weiß jeder Heimjunge: Wenn sich zwei Erwachsene unterhalten, ist Sendepause. Keine Mitteilung oder Frage kann so wichtig sein, als daß sie nicht unwichtig, ja nichtig und also aufschiebbar erscheint im Vergleich zu dem Thema, welches die Lehrer oder Erzieher gerade bewegen.

Einmal brauchte ich geschlagene zehn Minuten, bis mir unser Sportlehrer, der gerade mit dem Schulleiter über den ärgerlichen Verlust eines Paares Turnschuhe diskutierte, die Erlaubnis gab, ihm mitzuteilen, daß ich die Schuhe gefunden hatte.

Doch auch scheinbar unbeschäftigte Bedienstete des Kinderheimes, die allein irgendwo rumstehen, läßt man besser in Ruhe, wenn man sich ihre Gewogenheit erhalten will, und mögen sie einen noch so untätigen Eindruck erwecken: Ihr Hirn ist gewiß mit der Lösung schwerwiegender pädagogischer Probleme beschäftigt, die keinen Aufschub dulden.

Mir war vollkommen klar, daß meine Parteinahme für Onkel Günther und damit gegen Dr. Lenz ein erhebliches Risiko in sich barg. Trotzdem habe ich meinen Mund aufgemacht und redete mich, da wachsende Erregung von mir Besitz ergriff, zwar nicht um Kopf und Kragen, aber um mein Privileg, ein Patient der Nervenklinik von G. mit Privatunterkunft zu sein.

Vielleicht hätte ich nicht, so nach dem Motto: „Wer Tiere quält, quält auch Menschen“, die sechs Fliegen mit ins Spiel bringen dürfen, womit immerhin offenkundig wurde, daß ich an Lenz´ Schreibtischschubfach gewesen war. Damit hatte ich ihm Gelegenheit gegeben, den Spieß in eine andere Richtung zu stoßen. Plötzlich ging es nicht mehr um Onkel Günther, den Trinker, sondern um mich, den Vertrauensbrecher.

Das billigste aller Scheinargumente sollte Lenz fortan zur Rechtfertigung dienen: Vor meiner eigenen Türe habe ich erst einmal zu kehren. Wie käme ich überhaupt dazu, ihm vorzuwerfen, daß er Onkel Günther wie den letzten

Dreck behandele? Wie könne ich als jemand, der sich bei ihm seit Monaten und bei Vater Staat seit Jahren durchfräße, es wagen, ihm, dem hart arbeitenden Menschen, Vorhaltungen zu machen? Woher nähme ich mit meiner Halbbildung den Größenwahn, ausgerechnet ihn über den Umgang mit Menschen belehren zu wollen? Was ginge mich, der ich nicht zur Familie gehöre, überhaupt die ganze Onkel-Günther-Sache an?

Schwerwiegend war mein Vergehen, woran ein gewisser Pralinenkarton voller bloßstellender Fotos, obwohl er unerwähnt blieb, ebenfalls seinen bescheidenen Anteil haben mochte.

Ich kehrte schon Tags darauf in den strapazierten Schoß der Klinik zurück, was nicht völlig ohne Heulen und Zähneklappern vonstatten ging.

Damals ahnte ich noch nicht, daß meine Tage in G. gezählt waren, ich mich Schritt für Schritt einem Ort mit dem nichtssagenden Namen Ostdorf näherte, in welchem sich ein Spezialschloß befand, das mich mittlerweile schon mehr als zwei Jahre von der Außenwelt fernhielt.

Der neue Tag ist fast vier Stunden alt, und Jakob Leising, nach wie vor umgeben von dornröschenschlafhafter Friedlichkeit, hat noch immer nicht genug vom Schreiben. Wie könnte er auch?

Reichlich zwei Stunden wird es noch dauern, bis der erste Küchenjunge die erste Maulschelle des Tages erhält, der König den ersten Koch herunterputzt und die Fliegen an der Wand wieder aufpassen müssen. So geht es Tag für Tag seit hundert Jahren, aber das sieht man nicht von jenseits der Dornenhecke. Ich will die mir verbliebene Zeit nutzen.

Nachdem ich mich bei Gregor ausgeheult hatte, faßte ich langsam wieder Fuß in G. Ich fühlte mich zwar nicht so wohl wie früher, jedoch noch lange nicht so unwohl wie heute.

In ein neues Zimmer mußte ich ziehen, was mich einigermaßen störte, denn es lag gleich neben dem Dienstraum der Nachtwache. Das war ärgerlich. Mitunter aber bringt eine Ortsveränderung auch angenehme Überraschungen mit sich.

Einige Wochen waren vergangen, da wurde ich mitten in der Nacht auf ein Gemurmel aufmerksam, das durch die Wand aus dem benachbarten Wachraum herüberdrang und von Zeit zu Zeit durch Ausrufe der Verärgerung Unterbrechung fand, bevor es wieder von vorn begann.

Mit wachsendem Interesse lauschte ich der Litanei, wartete gespannt auf den nächsten Fluch und stellte nicht ohne Vergnügen eine wachsende Deftigkeit in der Wortwahl fest. Wer so herzhaft zu fluchen vermag, dachte ich, der kann kein schlechter Mensch sein, und ich verließ neugierhalber das Bett.

Das war vielleicht ein Nachtwächter! Der kriegte zuerst gar nicht mit, daß ich mich seinem Ausguck näherte, der fläzte da, die Beine auf dem Tisch und ein paar Blätter Papier auf dem Schoß, und redete und redete und schimpfte. Und plötzlich merkte ich, dass ich ihn kannte: Es handelte sich um keinen Geringeren als Bernd, den Studenten, Gregors Bekannten, der seinerzeit die Leiden meiner Rollstuhlära im Bild festgehalten hatte. Ich freute mich aufrichtig, ihn wiederzusehen.

Er war, wie sich im Laufe unseres nächtlichen Gespräches herausstellte, momentan mit der Vorbereitung auf eine unmittelbar bevorstehende, schreckliche Hauptprüfung beschäftigt, die ihm schlaflose Nächte bereitete. Da bot es sich geradezu an, den beständigen Hilferuf der Nervenklinik nach Nachtwachenden zu erhören, nicht zuletzt wegen des Entgeltes. Das leuchtete mir ein.

Weniger einleuchtend fand ich die Tatsache, daß er sich so ein paar lächerliche Definitionen, wie sie auf seinen Zetteln geschrieben standen, nicht merken konnte. Sein Gedächtnis war katastrophal.

Also fragte ich ihn ab, immer und immer wieder. Als der Morgen graute, fühlte ich mich gewappnet, mit Erfolg an der Prüfung in Pädagogik der Schwachsinnigen teilzunehmen, und auch er hatte eine gewisse Chance, die Prüfung zu bestehen.

Mit Ach und Krach sollte es ihm gelingen, wie ich einige Nächte später erfuhr. Im Verlauf unseres Gespräches, das nun frei von Prüfungsangst war, brachte ich die Rede auf die Fotografien von damals und schien damit nicht gerade sein Lieblingsthema angeschnitten zu haben.

Der Forschungsauftrag hatte ihm kein Glück gebracht, das heißt, zu Anfang schon. Er bekam eine Eins für seine Arbeit, und damit war die Sache erledigt. Geraume Zeit später erst sollten ihm die Fotos von mir, dem Rollstuhl und den zahlreichen Hindernissen wieder in den Sinn kommen: Über Nacht war irgendeine Kampagne ausgebrochen, und die Studentenschaft erhielt den Auftrag, ihrer Begeisterung durch spontane Versammlungen, Stellungnahmen, Wandzeitungen und dergleichen mehr Ausdruck zu verleihen.

Da hielten Bernd und zwei seiner Kommilitonen die Stunde für gekommen, mich mitsamt meinem Rollstuhlproblem an ein großes Brett zu heften.

Nicht lange sollen die Bilder gehangen haben, aber dafür hätten sie außerordentliche Beachtung gefunden. Ja, beinahe hätte es Bernd nicht mehr nötig gehabt, sich um seine Prüfungen Gedanken zu machen. So heftig war die Resonanz auf seine kleine Ausstellung.

Das alles erzählte er mir mit kaum überhörbarer Verbitterung. Ich kam aus dem Staunen nicht mehr heraus.

Achtes Heft

Wenn ringsum Ruhe herrscht, wird das geringste Geräusch zur Kanonade.

Da klingt ein Bleistiftanspitzen, als müßte gerade ein Ast oder ein Stuhlbein daran glauben. Erstaunlich, daß sie alle weiterschlafen. Fahren wir also fort:

Ja, Fortfahren, das wär's, selbst, wenn's nur bis ins Ferienlager ginge. Zweimal hatte ich bereits das Vergnügen, und sollte sich meine Entlassung im Sommer hinziehen, werde ich noch ein drittes Mal mitdürfen. Während jene Jungs, die im Besitz eines Elternhauses sind, zumindest einen Teil der Sommerferien daheim verbringen, fahren die Elterngelösten für zwei Wochen an die Ostsee.

Ohne Zweifel ist das für uns Zöglinge die beste Zeit im Jahr. Alle Auswertungsmappen und Wettbewerbstafeln bleiben zurück. Befreit von den Mühen des Kampfes um Punkte und Kringel, um Tageslobe, Wochenlobe und Urkunden, leben wir in den Tag hinein, daß es eine Freude ist. An der langen Leine läuft es sich eben besser, und wenn man es versteht, immer noch einen Schritt in Reserve zu lassen, kann man glatt das Gefühl bekommen, überhaupt nicht angebunden zu sein. Freilich funktioniert dieser Selbstbetrug auch bei kurzen Leinen, ist aber ungleich schwerer zu realisieren. Wie dem auch sei, mit dem sogenannten Sozialverhalten gibt es im Ferienlager fast keine Probleme.

Jedoch leider sind nicht immer Ferien. Der Mensch kehrt zurück in den Alltag und an den Platz, der ihm zwecks Pflichterfüllung zugewiesen wurde. Jeder soll geben, was er kann, aber nicht jeder, der gibt, was er kann, gibt auch, was er soll. Das bringt Probleme mit sich, denn was liegt näher, als das Wollen in Frage zu stellen, wenn´s mit dem Können hapert?

Kurtchen, unser Heizer, ist ein prachtvolles Beispiel dafür. Er war selbst vor Jahren Zögling des Spezialkinderheimes und blieb nach seiner Entlassung als Gehilfe unseres Hausmeisters in Ostdorf.

Als man die neue Schule baute und dazu ein Heizhaus, an das auch das Heim und einige andere Gebäude angeschlossen wurden, war ein Heizer vonnöten. Und da sich niemand fand für diesen Posten, gewann man kurzerhand ihn.

Seitdem ist Kurtchen immer schuld daran, wenn die Klassenräume im Winter kalt sind. Faul sei er und verantwortungslos, weil er es nicht schafft, seinen Ofen mit schlechter Kohle auf volle Touren zu bringen. Aber des schwierigen Amts enthoben wird er natürlich nicht, denn es gibt niemanden, der an seiner Stelle sein möchte.

Kurtchen ist nie wirklich entlassen worden, sondern nur von einer Überforderung in die nächste übergewechselt. Die Tragik seiner Rolle besteht darin, daß es Thermometer gibt.

Wie glücklich dran sind doch dagegen jene Überforderten, deren Arbeitsergebnisse nicht derart meßbar sind. Die merken vermutlich gar nicht, daß ihr Können unter dem Sollen liegt, zumal es ihnen nie jemand sagt. Heizer ist eben nicht der einzige Beruf, für dessen Ausübung sich schwer Leute finden lassen. Allerdings ist mir in letzter Zeit mehrfach zu Ohren gekommen, daß einige Lehrkräfte demnächst ihre Ausbildung aufbessern sollen. Das scheint im Moment ihre größte Sorge zu sein, denn sie machen ein Gewese darum, als wäre Lernen eine Folter.

Ich habe meinen Nachtwächterstudenten Bernd, wenn er mal wieder da war, um sich ein paar Mark zu verdienen, immer gern von seinem Tagwerk erzählen hören. Das wäre ein Leben, dachte ich, vier Jahre lang nichts anderes tun zu müssen, als Vorlesungen und Seminare zu besuchen, zu lesen und so richtig neues Wissen zu erwerben. In der Freizeit kann man sich mit interessanten Leuten treffen, gute Gespräche führen, irgendwo hingehen. Beneidenswert.

Jedoch schien es mit Bernds Freude am Studieren nicht weit her zu sein. Er schimpfte viel, und wenn er über seine Dozenten redete, tat er es meist mit deutlicher Verächtlichkeit.

Auch von seinen Mitstudentinnen und -studenten schien er keine besonders hohe Meinung zu haben. Seinen Ausführungen nach zu urteilen, war er hauptsächlich von Leuten umgeben, die nichts anderes im Sinn hatten, als mit dem Arsch an die Wand zu kommen, und deren augenfälligste Eigenschaft in dem Streben bestand, nur nicht aufzufallen und das Studium problemlos über die Runden zu bringen. Dafür schienen sie alles mitzumachen.

Wir unterhielten uns während seiner Wachen auch viel über fachliche Dinge, denn meist mußte er noch irgendwas ausarbeiten, wobei ich ihm über die Schulter zu schauen pflegte. Stück für Stück erweiterte ich so meine Kenntnisse auf den Gebieten Neuropsychiatrie, Psychologie und Pädagogik.

Es ist sehr beruhigend, für möglichst viele Erscheinungen, die einem im täglichen Leben begegnen, einen Namen zu haben. Man bekommt dadurch das Gefühl, dem, was um einen oder mit einem vorgeht, weniger ausgeliefert zu sein. Das ist mit seelischen Dingen wie mit technischen:

Der Fernseher bringt plötzlich kein Bild mehr zustande. Ohnmächtig starren wir ins Leere. Da kommt Herr Dumpke, schaut sich die Sache an und vermutet, daß die PCL-was-weiß-ich ausgewechselt werden muß. Das nützt uns zwar praktisch nichts, denn Herr Dumpke hat keine PCL-sonstwie, und bis der Monteur erscheint, können Tage vergehen, jedoch ist unsere Ehrfurcht vor dem Defekt nur noch halb so groß, seit wir seine genaue Bezeichnung zu kennen glauben.

Meine umfassende Bildung auf dem Gebiet der menschlichen Verhaltensweisen erlaubt es mir, den Ostdorfer Alltag tapfer zu ertragen. Mehr noch: Ich vermag ihm sogar einen gewissen Unterhaltungswert abzugewinnen.

Es gibt Momente, da freue ich mich direkt darüber, ein in der Fachliteratur beschriebenes oder gar umstrittenes pädagogisches oder psychologisches Phänomen wiederzuerkennen. Wahrscheinlich neigt der Mensch dazu, Genugtuung zu verspüren, wenn er seine Sonderkenntnisse in der Praxis bestätigt findet. So gesehen ist es mitunter die reine Freude, im Spezialkinderheim Ostdorf weilen zu dürfen. Hier fände sich Stoff für unzählige wissenschaftliche Abhandlungen.

Aber es verirrt sich kein Wissenschaftler zu uns. Wenn solch ein kluger Mensch käme, würde ich die Gelegenheit beim Schopfe packen und ihn beim Jackenärmel, um ihn mit sanfter Gewalt zu Herrn Dumpkes Karnickelstall zu zerren. „Was sagen Sie nun?“ Fast bin ich sicher, er wäre erstaunt.

Es ist einfach gräßlich, sich nicht mit Gleichgesinnten austauschen zu können. Man forscht so vor sich hin am Arsche der Welt und merkt gar nicht, ob man vielleicht doch am Leben vorbeiexperimentiert.

Studiosus Bernd hatte es da einfacher mit der Wissenschaft, denn bei der Anfertigung seiner Diplomarbeit besaß er in mir einen unermüdlichen Helfer und Berater. Wir verbrachten manche hochinteressante Nacht im gemeinsamen Streben nach akademischen Ehren.

Mir ist einiges klargeworden bei der Arbeit an seinem Diplom. Vor allem habe ich erkannt, daß Schwachsinn im Unterschied zu anderen Schädigungen mit dem zusätzlichen Nachteil behaftet ist, unsichtbar zu sein, weshalb sich die Toleranz der sogenannten Normalsinnigen in Grenzen hält.

Wenn ein Rollstuhlfahrer in der Kaufhalle eine Büchsenpyramide zum Einsturz bringt, wird niemand viel Aufhebens darum machen. Ebenso verhält es sich im gleichen Fall bei einem Blinden. Aber gelüstet es den Debilen nach einer Büchse aus der zweiten Reihe von unten, und er zieht sie aus der Pyramide, um sie in sein Körbchen zu legen, hat das unschöne Folgen.

Schnell wird der Naive zum Provokateur gestempelt, und Stempelkissenfarbe ist sehr anhänglich.

Ich halte es für einen bemerkenswerten Widerspruch, daß trotz intensiver Umerziehungsarbeit jeder Knabe in Ostdorf vom ersten bis zum letzten Tag seines Heimaufenthaltes als unverbesserlicher Bösewicht behandelt wird. Mißtrauen ist angesagt dem Neuling wie dem Veteranen gegenüber. Vor nichts schrecken wir Burschen zurück, wenn man uns aus den Augen verliert. Man sieht es an mir, Jakob Leising, einem Nachtruhestörer, wie er im Buche steht.

Alle, wie sie hier liegen, warten nur darauf, einen Moment lang unbeobachtet zu sein, und mir nichts dir nichts werden sie irgendwas verbrechen, was den ganzen Umerziehungserfolg zunichte macht, meinetwegen beim Essen miteinander reden, wie eine Hammelherde durchs Dorf trotten, die Betten nicht vorschriftsmäßig bauen oder den Schuhputz vernachlässigen und all so schlimme Sachen.

Deshalb ist höchste Wachsamkeit geboten, denn wir haben einen Ruf zu verlieren, wie sich der Heimleiter, wenn hoher Besuch ins Haus steht, auszudrücken pflegt.

Es würde mich freuen, wenn er wirklich endlich verlorenginge, der Ruf, das wäre eine reelle Chance für einige Veränderungen. Aber solange die Herren in ihren grauen Anzügen sich lobend über die Zustände im Heim äußern, wird wohl alles beim alten bleiben. Sie steigen wieder in ihre Autos, und weiter geht's.

Ja, verdammt! Mich kotzt der ganze Laden gehörig an. Es ist eine Strafe, im Spezialkinderheim Ostdorf zu weilen. Das scheint mir überhaupt der entscheidende Punkt zu sein: Wir sind zur Strafe hier, und Strafe muß weh tun. Jeder von uns hat seine Büchsenpyramide auf dem Gewissen, jeder von uns sehnt sich nach dem Tag, an dem er eine ganze Kaufhalle auf den Kopf stellen kann, ohne sich dabei erwischen zu lassen.

Als der Schulrat im Staatsbürgerkundeunterricht, wo wir gerade den Begriff „Plan" begreifen sollten, hospitierte und mich fragte, welchen Plan ich denn am besten finde (er stellte mir die Wahl zwischen Stundenplan, Lehrplan, Speiseplan und Fahrplan), habe ich nicht „Speiseplan" geantwortet, wie er es erwartet hat, sondern „Lehrplan", was mir ein lobendes Kopfstreicheln einbrachte. Es war natürlich gelogen. „Fahrplan" hätte die ehrliche Antwort gelautet, rein in Timms Eisenbahn und dann nichts wie weg!

Aber wohin? Ich weiß es nicht. Noch vor Stunden lag mir die Antwort auf der Zunge. Nein, ich weiß es wirklich nicht. Das kommt davon, wenn man die ganze Nacht mit Nachdenken verbringt. Was soll dabei schon rauskommen?

Aber mit wem kann ich mich hier unterhalten, außer mit mir?

Da liegen sie, meine Gefährten, und mir ist klar, daß ich mit ihnen die Gegebenheiten nicht ändern werde. Dabei funktioniert das Ostdorfer Wenn-du-dann-Prinzip nur perfekt, wenn alle brav mitspielen. Und wir spielen wie die Besessenen.

Nun ist es schon nach halb fünf. Es wird Zeit, daß ich mich wieder erbaulicheren Gedanken zuwende.

Aha, dachte ich eines Tages, zwei Töchter hat er also, der liebe Brückner, das ist ja ganz was Neues. Die beiden waren mir schon seit einer reichlichen Woche aufgefallen. Ich sah sie hier und dort, mal in der Küche, mal beim Reinigungsgeschwader, auch in der Wäscherei. Sie machten auf mich einen sehr munteren Eindruck, schnatterten und lachten am laufenden Band.

Von Anna erfuhr ich, daß es sich um die Brücknerzwillinge handelte, die eigentlich noch zur Schule gingen, derzeit jedoch ein Praktikum in der Klinik durchführen würden. Nur in den Ferien kämen sie nach G., die übrige Zeit des Jahres verbrächten sie wegen irgendeiner Spezialbegabung, die gefördert werden müsse, in einer anderen Stadt, ihre Namen seien Olga und Wanda.

Jedesmal, wenn mir die beiden über den Weg liefen, freute ich mich, denn sie sahen außerordentlich süß aus. Gregor nannte sie schlicht und einfach „dumme Hühner", was mich ärgerlich machte, denn schließlich kannte er sie auch nicht näher als ich. Außerdem hatte er ja Anna.

Jedenfalls war ich völlig aus dem Häuschen, als Olga und Wanda plötzlich auf unserer Station auftauchten, in geradezu graziöser Weise mit ihren Händchen die klobigen Bohnerbesen ergriffen und über den Flur schwebten. Binnen weniger Sekunden hatte sich unsere gesamte

Zimmerbesatzung in den Türrahmen gezwängt und glotzte, was die Augen hergaben.

Die beiden merkten wohl, daß wir ihnen zusahen, ließen sich jedoch nicht im geringsten durch unsere Anwesenheit stören. Besen vor – Besen zurück – Besen vor – Besen zurück, sie schienen ihren Spaß daran zu haben, fegten an uns Gaffern vorüber, als wären wir gar nicht vorhanden. Erst als sie unsere Blicke im Rücken wußten, kicherten sie, und ohne sich noch einmal umzuwenden, arbeiteten sie sich bis an das Ende des langen Flures. Dort machten sie kehrt, warfen einen prüfenden Blick auf ihr Werk und kamen, die Bohnerbesen hinter sich herziehend, zurück zum Eingang.

Wir standen noch immer im Türrahmen, aber sie schienen uns nicht beachten zu wollen, unterhielten sich miteinander, sahen an uns vorbei. Jedoch genau in dem Moment, als sie auf unserer Höhe waren, unterbrachen sie ihre Mißachtung, indem sie ihre roten, feuchten Zungen weit nach uns herausstreckten. Hirnrissigerweise fand ich diese Frechheit eher reizvoll als ärgerlich.

Ich habe noch deutlich das Enkelkind unserer Fürsorgerin vor Augen. Frau Mondler machte vertretungsweise Dienst in unserer Gruppe und hatte ihre liebe Gabi, weil sie nicht wußte, wohin mit ihr, mitgebracht. Sie mochte vielleicht zehn Jahre alt gewesen sein.

Wir stehen zur Ämterverteilung in Linie zu einem Glied auf dem Flur, die Hände an der Seite, die Blicke geradeaus. Da geht die Rotzgöre seelenruhig von einem zum anderen und latscht uns vor die Schienbeine.

„Gabi!“ mahnt Frau Mondler in einem Ton, der halb Verständnis, halb Mißfallen anzeigt.

„Die sind alle doof“, spricht Gabi und begibt sich schienbeintretenderweise zurück zum Anfang der Reihe.

„Was du erzählst“, amüsiert sich Frau Mondler, „wie kommst du nur auf so was?“

Während wir den Gruppenbereich wienern, gibt Gabi sachkundige Ratschläge, stellt sich hier und dort in den Weg, spart nicht mit Nettigkeiten. Schließlich wird ihr, da wir uns hüten, das mit ihr zu machen, was sie verdient hätte, die Ärgerei zu langweilig, und sie zieht sich in den Gruppenraum zurück.

Wenig später kräht sie nach ihrer Oma, weil unser Fernsehapparat nicht das zu bieten hat, wonach ihr der Sinn steht.

Gabi ist zutiefst erbost und beginnt damit, Frau Mondler mit der Androhung diverser Unartigkeiten zu erpressen, als zufällig Frau Dumpke des Weges kommt.

„Tante Dumpke, Tante Dumpke, bei den doofen Jungs will ich nicht bleiben!“

„Das ist auch gar kein Umgang für eine junge Dame wie dich“, entgegnet Frau Dumpke, „sind sie etwa frech gewesen zu dir?“ Und dann begibt sich Frau Dumpke mit der jungen Dame langsam außer Hörweite, um ihr in Ruhe zu erklären, mit wem sie es hier zu tun hat.

Normalerweise bin ich gar nicht so besonders wild darauf, Gesprächen, die nicht für meine Ohren bestimmt sind, zu lauschen. So was kann erfahrungsgemäß ziemlich deprimierend sein. Aber was die Brücknerzwillinge Olga und Wanda miteinander zu tuscheln hatten, wenn sich unsere Wege kreuzten, interessierte mich doch sehr, denn ich wurde das Gefühl nicht los, daß die Rede von mir war.

Es brauchte weniger Zeit, als ich dachte, da wußte ich, was in ihren hübschen Köpfen vorging: Olga und Wanda hatten es sich zur Aufgabe gemacht, mich in die Geheimnisse der Liebeskunst einzuführen. Lang ist´s her.

Heute lasse ich meine Hosentaschen von Fräulein Breitmeier kontrollieren, studiere von der zweiten Bankreihe aus Frau Freys Oberflächengestalt, hoffe auf den Siegeszug der Nahtstrumpfhose und verkleckere mich in Erinnerungen. Das ist mein ganzes Sexualleben.

Aber im Gegensatz zu den anderen weiß ich wenigstens, wovon ich rede, wenn wir in der Gruppe beim Thema sind. Ich kann meiner Konstitution und dem Zufall wirklich dankbar sein dafür, daß ich bereits, bevor ich nach Ostdorf verschlagen wurde, meine Knabenschaft einbüßen durfte.

Die Zeiten des Dampfkinos lagen lange zurück, als eines Nachmittags Alfred, der Gärtner, seinerzeit Stammkunde unseres Unternehmens, im Vorbeigehen und scheinbar ohne ersichtlichen Anlaß zu mir sagte: „Dein Kino kannst du dir an den Arsch klemmen!“

Das traf mich wenig, aber meine Neugier wurde geweckt, zumal Alfred eine Geschäftigkeit im Blick hatte, die sich keineswegs auf seine gärtnerische Tätigkeit beziehen konnte. Ich kam nicht dazu, ihn näher zu befragen, denn er verschwand wie der Blitz in Richtung Geräteschuppen.

Das Bild, welches sich mir dort bieten sollte, werde ich kaum vergessen: Vier Gärtner, eine Olga, eine Wanda. Die Herren ächzend, die Damen kichernd. Einmal an den Pullover fassen zwei Mark. Der nächste bitte!

Es war geradezu rührend, wie Alfred und seine Kollegen sorgenvollen Antlitzes in ihren Portemonnaies herumfingerten und die Groschen zusammenzählten, um noch einmal zugreifen zu dürfen. Ich mußte unwillkürlich an das Kinderkarussell denken, welches ich während meiner Rollstuhlära in der Stadt gesehen hatte. Unbemerkt schloß ich die Schuppentür wieder und zog mich zurück.

Der Gedanke, daß es sich bei den Zwillingsschwestern um Brückners Töchter handelte, verschaffte mir tiefe Genugtuung. Mit derselben Genugtuung im Bauch ließ ich mich wenige Tage später dazu breitschlagen, den beiden in unsere Besenkammer zu folgen.

Sie wollten kein Geld von mir, und sie wollten nicht nur an den Pullover gefaßt werden. Ich tat ihnen verschiedene Gefallen, immer in zweifacher Ausführung, und war peinlich darauf bedacht, keinen Zwilling zu kurz kommen zu lassen. Darin bestand, da vorerst nur die Hände im Spiel waren, kein Problem.

Im Laufe der Zeit lief die Sache immer mehr wie geschmiert. Die zwei hatten das Kichern und Plappern eingestellt und sich auf andere Lautäußerungen verlegt, die mir sehr gefielen. Schon begann ich mir Gedanken über eine unmittelbar bevorstehende, aus anatomischen Gründen praktisch unlösbare Aufgabe zu machen, als ich mich durch Schritte auf dem Flur dazu veranlaßt fühlte, die Finger aus dem Spiel zu nehmen. Jedenfalls waren wir alle drei gehörig auf den Geschmack gekommen.

Auf Initiative der Zwillingsschwestern schlossen sich an unsere erste, allzu früh abgebrochene Begegnung noch mehrere lehrreiche Zusammenkünfte an. Ich mühte mich redlich, so gut das unter den gegebenen, etwas provisorischen Umständen möglich war. Die beiden schienen einfach nicht genug kriegen zu können.

Bisher hatte ich das Problem, ein und denselben Nagel gleichzeitig in zwei nebeneinander liegende Wände treiben zu müssen, erfolgreich vor mir hergeschoben. Das konnte ich eines Tages nicht mehr länger mit meinem Mitgefühl vereinbaren. Aber zu allem Übel war, nachdem ich Olga beglückt hatte, der Nagel krumm und somit für Wanda nicht mehr zu gebrauchen.

Dieses praktische Beispiel zeigt, daß der Mensch vor Entscheidungen gestellt werden kann, die so oder so negative Folgen haben. Ich hatte in bester Absicht einen aus Zwillingssicht unverzeihlichen Fehler begangen: Ich hatte ihnen ihre wohlbehütete Deckungsgleichheit geraubt. Und Brückners Töchter sollten sich in herzlosester Weise dafür rächen.

Die Psychologen sprechen, wenn auffallende positive oder negative Eigenschaften eines Menschen bei dessen Beurteilung auch in anderen Bereichen unterstellt werden, vom sogenannten Halo-Effekt. Das haben die Leutchen gut erkannt, nur leider wissen zu wenige davon.

Der Haloeffekt ist so alt wie das Gerichthalten der Menschen übereinander. „Wer lügt, steckt auch Häuser an."

Wer in fremden Schubfächern stöbert, verführt auch wohlerzogene Zwillinge. Wer aber wohlerzogene Zwillinge verführt, vergewaltigt auch Mitpatientinnen, Ärztinnen, Krankenschwestern und Waschfrauen. Solche gefährlichen Elemente müssen isoliert werden.

Dank der Kaltblütigkeit Olgas und Wandas und dank dem Haloeffekt glaubte man mir kein Wort. Ich hatte den Rest des mir entgegengebrachten Wohlwollens aufgebraucht.

Daß ich heute der wohlbeleumdetste Ostdorfer Veteran bin, angesehen genug, um in wenigen Stunden zum „Treffen der Besten" fahren zu dürfen, habe ich freilich meiner eigenen Kaltblütigkeit im Umgang mit dem Haloeffekt zu verdanken. Es ist mein großes Plus, daß hier sehr schnell von Unauffälligkeit auf Einsichtigkeit geschlossen wird, denn wer als einsichtig gilt, lebt unbehelligter.

Weiß Gott, und ich bin behelligt worden damals in G. Brückner, das scheinheilige Miststück, wird regelrecht froh darüber gewesen sein, von seinen Töchtern einen handfesten Anlaß geliefert bekommen zu haben, mich loszuwerden.

Nach außen war er natürlich die Empörung in Person. Seine Mädel, aus wohlgeordneten Verhältnissen stammend und bis gestern unschuldig, die Opfer. Ich, Jakob Leising, nicht einmal im Besitz eines Elternhauses, die Geilheit quasi im Blick, der treibende Keil.

Die gegebenen Macht- und Vertrauensverhältnisse standen denkbar ungünstig für mich, womit sich jeglicher Rechtfertigungsversuch erübrigte. Schon kurze Zeit später kam mir zu Ohren, daß ich mit Beginn des neuen Schuljahres zur Umerziehung in ein Spezialkinderheim verlegt werden sollte.

Es war Katharina, von der ich es zuerst erfuhr. Während wir miteinander redeten, spürte ich wieder dieses gegenseitige Vertrauen zwischen uns, ganz wie damals zu Zeiten meines Mutismus. Und obwohl ich keinen Hang zu rührseligen Szenen habe, hätte ich flennen mögen vor Sentimentalität.

Sie war keineswegs legitimiert, mich zu informieren – im Gegenteil. Ich möchte glauben, sie tat es, weil sie mich immer noch gern hatte.

Alles sei schon in Papier und Tüten. Brückner habe den pädagogischen Teil geregelt, ihr Mann den medizinischen. Es gäbe keine Umkehr mehr.

Während sie mir diese geheimen Mitteilungen machte, wurde mir plötzlich bewußt, daß ich großes Mitleid ihr gegenüber empfand. Ich wußte keine konkrete Erklärung dafür, ich hatte nur das Bedürfnis, auf sie zuzugehen und sie zu umarmen. Sie ließ es geschehen, mehr noch, sie gab sich meiner Umarmung hin, als hätte sie ewig darauf gewartet.

Ich werde nie ganz dahintersteigen, was in Katharina Lenz vorgegangen ist. Als wir uns trennten, sagte sie: „Paß auf dich auf, Jakob!“

Neuntes Heft

An Wiederholungen erkennt man Gesetzmäßigkeiten.

Der Nachtwächter weckt die Bettnässer, wie es sein Amt ist, einmal gegen elf, einmal gegen fünf. Ich kann ihr Geschlurfe hören, höre, wie sie Wasser lassen, höre die Spülung. Dies also ist die zweite Bettnässerstunde, die zweite Stunde der Vorbeugung. Vorbeugen ist einfacher als heilen. Alles ist so einfach.

Alles kann plötzlich so einfach sein, wenn man weiß, was einem bevorsteht. Wir schrieben Mai 1982, der Sommer hatte Einzug gehalten, ich wußte von meinem geplanten Fortgang aus G., in zwei, vielleicht drei Monaten. Zu dieser Zeit war ich vierzehneinhalb Jahre alt.

Die Dinge um mich herum erschienen mir, da ich mich darauf verlassen konnte, sie in Kürze zu verlieren, anders als bisher. Zehn Jahre sind eine kleine Ewigkeit.

Sprachlos und unfähig zu eigenen Schritten war ich nach G. gekommen, schwer erziehbar sollte ich wieder gehen. Umgekehrt wär´s schlimmer gewesen. Wer weiß, wozu all das noch gut sein wird, versuchte ich mir einzureden, und beschloß, mir die verbleibenden Tage so angenehm wie möglich zu gestalten.

Die ganze schöne Unterordnungsbereitschaft gerät ins Wanken, wenn sie einem nichts mehr nützt.

Jedes Jahr sind unter den zu entlassenden Jungs in Ostdorf einige, die in den Jugendwerkhof kommen. Ein Teil von ihnen hat sich diese Perspektive selbst zuzuschreiben. Manche aber müssen quasi unverdientermaßen, nämlich aus Mangel an anderen Unterbringungsmöglichkeiten, in den Werkhof überführt werden.

Weil es ihnen an Verständnis für die gesellschaftlichen Zusammenhänge fehlt, geben sie sich ganz ihrer Empörung über diese unschöne Aussicht hin. Dabei gelingt es ihnen meist, im Schnellverfahren die Anlässe nachzuliefern, welche nötig gewesen wären, um zum regulären Werkhofskandidaten abzusteigen. Kein Punkt, kein Kringel und nichts dergleichen kann mehr Eindruck auf sie machen. Sie sagen, „Wischen Sie sich mit ihrer Auswertungsmappe den Arsch ab!“, und andere wohlüberlegte Sachen.

Es ist immer wieder ein außergewöhnliches Vergnügen, das Wenn-du-dann-Prinzip vorübergehend als nicht mehr anwendungsfähig erleben zu dürfen. Das drohende Schwert hat sich für einige von uns zur lächerlichen Pappattrappe zurückverwandelt. Dennoch beneide ich diese Jungs nicht, ich fürchte mich sogar davor, in dieselbe Lage zu geraten.

Meine Vorstellung von einem Spezialkinderheim war damals in G. noch sehr unklar. Dem Begriff nach mußte es sich jedenfalls um etwas ganz Besonderes handeln, ein besonderes Heim für besondere Kinder.

Ich versuchte also, meine letzten Wochen in der Klinik zu genießen und war nebenher darum bemüht, herauszubekommen, was mich mit Beginn des neuen Schuljahres eigentlich erwartete. Vielleicht hätte ich in Lenz´ Bücherregalen die Antwort auf meine Frage gefunden, aber zu denen war mir der Zugriff versperrt. Auch Gregor und Anna wußten nicht mehr als ich, und Bernd war, nachdem er sein Studium beendet hatte, dorthin gelenkt worden, wo sich Fuchs und Hase gute Nacht sagen. So hatte er sich wenigstens ausgedrückt bei seiner letzten Nachtwache. Möglicherweise wäre Katharina mir behilflich gewesen, aber ich scheute mich davor, sie zu behelligen.

Da erinnerte ich mich plötzlich an das Nachschlagewerk der Psychologie, welches Anna einst für mich besorgt hatte. Es lag noch immer im Spülkasten der Toilette in meinem ehemaligen Gruppenbereich.

Als ich es am Abend mit ins Bett nahm und darauf wartete, daß die anderen endlich eingeschlafen waren, empfand ich wieder dieses Vorgefühl auf eine ungeheure Entdeckung, wie es mich seinerzeit beim Stöbern in Lenz´ Schreibtischschubfach gepackt hatte.

„Spezifisches Aktionspotential" – „Spezifitätsproblem physiologischer Muster" – schon war es vorbei mit den Spezialitäten.

Auch unter dem Stichwort „Kinder" fand ich nicht mein Spezialkinderheim.

Nochmals nahm ich mir den Buchstaben „S" vor, immer noch von der Vorahnung besessen, etwas zu entdecken.

Und mit einemmal stand sie vor mir, die lang gesuchte, fast in Vergessenheit geratene, geheimnisumwobene SKINNER-BOX, eine Zeichnung, 35 Zeilen Text, stand zwischen einer Artikulationsstörung mit Namen „Skandieren" und der „Sodomie", dem Geschlechtsverkehr mit Tieren. Ich meinte, meinen Augen nicht trauen zu dürfen.

Schlagartig begriff ich, was es mit den flügellosen Fliegen in Lenz´ Schreibtisch auf sich hatte.

Manchmal ärgert mich der Gedanke, daß an mir ein Wissenschaftler verlorengegangen sein könnte. Ich betrachte meine eigene Skinner-Box in Herrn Dumpkes Karnickelstall, freue mich an meiner neuesten Errungenschaft, dem mehrstufigen Schockgenerator, und kann mich eines Grinsens nicht erwehren, wenn ich daran denke, daß Lenz mit Insekten experimentiert haben muß.

Was das für ein Blödsinn war, hatte ich schnell herausgefunden. Die Skinner-Box kann nämlich nur funktionieren, wenn genügend Hirn vorhanden ist. Je leistungsfähiger das Gehirn des Insassen, desto größer sind die Erfolge. Und meine Erfolge können sich sehen lassen.

Einem Außenstehenden mag diese Box im ersten Augenblick genauso interessant oder uninteressant wie jegliche andere Versuchsanordnung erscheinen. Ich aber habe von Anfang an begriffen, daß sie etwas ganz Besonderes ist.

Schon um 1930 hatte B. F. Skinner sie für die Verwendung mit kleinen Säugern standardisiert.

Er entwarf einen Käfig mit verschiedensten Hebeln, Tasten und anderen Vorrichtungen, deren Betätigung für das Tier einprägsame Folgen hat, zum Beispiel die Verabreichung von Futter, das Bespritzen mit Wasser, einen elektrischen Schlag, die Entlassung.

Das Tier ist darauf angewiesen, durch blindes Probieren den Zusammenhang zwischen der eigenen Aktion und den dadurch ausgelösten unangenehmen oder angenehmen Folgen zu entdecken. Das führt zu einem bemerkenswerten Lernzuwachs.

Selbstverständlich dauerte es nicht lange, bis sich Skinners Neider zu Wort meldeten. Sie kritisierten das Skinner-Box-Verfahren wegen der Unnatürlichkeit der vom Tier zu erlernenden Zweck-Mittel-Zusammenhänge, weil dadurch einsichtsloses Probierverhalten erzwungen werde, das in natürlichen Situationen selten oder nie aufträte.

Diese Einwände bewirkten jedoch so gut wie nichts. Nach wie vor gibt es sie, die Skinner-Boxen.

Mein Bedürfnis, die verbleibende Zeit in G. so richtig auszukosten, wuchs immer mehr, jedoch wollte es mir einfach nicht gelingen, die erträumte Intensität in meinen Abgang zu bringen.

Die Zeit verging, der Tag meiner Überführung nach Ostdorf rückte unaufhörlich näher. Es machte mich verrückt, daß alles so weiter lief wie bisher. Nach wie vor bemühte sich Brückner um unseren Wissenserwerb, hielt Lenz Vorlesungen vor den Studenten, ließ uns die Scholz-Springer einmal wöchentlich nach dem Tamburin tanzen, marschierten wir nachmittags zur Märchenwiese oder spielten Spiele, pfropfte Gregor Stöpsel, wusch Anna Wäsche, saß Katharina im Vorzimmer des Chefs.

Alles war beim alten geblieben, und mir wurde klar, daß auch mein Fortgang nichts daran ändern würde – eine deprimierende Erkenntnis. Ich hatte zehn Jahre in G. verlebt, die genausogut ein anderer an meiner Stelle hätte verleben können.

Da stand ich nun mit meinen außergewöhnlichen Kenntnissen aus den verschiedensten Wissensbereichen und registrierte mit Bitternis, daß mein Verschwinden aus G. ebensowenig des Aufhebens wert sein würde wie die Verlegung irgendeines Idioten.

Da stand ich nun in der Nähe des Eingangstores und sah, wie sich eine Busladung Studenten dem Klinikum näherte. Als ich ihre durchgeistigten Antlitze erkennen konnte und ihr offenkundiges Interesse an den Merkwürdigkeiten, mit denen sie im Gelände der Klinik rechnen zu dürfen glaubten, hatte ich eine hübsche Idee.

Es drängte mich geradezu danach, mein Wissen über diverse Krankheitsbilder spaßeshalber abermals mit Leben zu erfüllen. Also begab ich mich direkt an den Weg, den sie nehmen mußten, um zum Hörsaal zu gelangen, und spielte Macke, was sich als derart amüsant herausstellte, daß ich es nicht bei nur einer Vorführung bewenden ließ.

Wenn ich meinen Kopf mit schöner Regelmäßigkeit ruckartig zur Seite riß, hörte ich die Studenten flüstern:

„Das ist ein Tick.“ Und es stimmte.

Oder wenn ich so tat, als wolle ich mir mit aller Macht die Haare ausreißen, sagten die Studenten: „Trichotillomanie“, womit sie den Nagel auf den Kopf trafen.

Selbst den in seiner Ausführung durchaus nicht einfachen Blitz-Nick-Salaam-Krampf haben sie richtig erkannt.

Einmal tat ich sogar etwas, das einige der Mädchen erröten ließ. Aber ihre Diagnose war in Ordnung.

Wer weiß, ob die armen Studenten jemals in ihrem Leben wieder so eindeutige Symptome zu Gesicht bekommen haben.

In Ostdorf wimmelt es von vielfältigsten Symptomen und Symptomkombinationen, denn der Schwachsinn hat zahlreiche Gesichter. Wer wollte sich die Mühe machen, sie voneinander abzugrenzen, zumal der Status der Schwererziehbarkeit alles andere in den Hintergrund drängt.

Das Spezialkinderheim ist Symptom und Therapie in einem: Wer ins Spezialkinderheim gekommen ist, muß etwas ausgefressen haben. Wer etwas ausgefressen hat, muß ins Spezialkinderheim kommen. Wenn das nicht logisch ist. Die Diagnose lautet also „schwer erziehbar“, woraus jeder Erwachsene seine Schlüsse für den Umgang mit uns zu ziehen hat.

Letztendlich entscheiden sie sich alle für den Entzug des kleinen Fingers in Verbindung mit eindrucksvollen Machtdemonstrationen. Das ist das Kernstück der Therapie. Wer es nicht beherzigt, wird vergeblich auf seine Auszeichnung warten, und ausgezeichnet werden wollen sie alle. Aber sie haben es auch alle verdient.

Beim letzten Lehrertag gelang es mir, sieben Stücken Kuchen zu gewinnen, weil mir einige Jungs durchaus nicht glauben wollten, daß ich voraussagen kann, wer aus den Kreisen der Lehrer und Erzieher diesmal prämiert werden wird. Dabei ist nichts einfacher zu errechnen als das, zumindest wenn man schon an so vielen Festappellen teilnehmen mußte wie ich.

In zweieinhalb Jahren sammelt man so seine Erfahrungen, erlebt Angenehmes und Unangenehmes, gelangt zu Schlußfolgerungen und verhält sich danach, sofern man nicht auf den Kopf gefallen ist oder einen Hang zum Märtyrertum hat. Während ich in G. meinte, unbedingt auf mich aufmerksam machen zu müssen, liegt mir jetzt nichts mehr am Herzen, als der Aufmerksamkeit zu entrinnen.

Schon bilde ich mir ein, daß meine Zimmerkameraden unruhig werden, mich beim Nachtruhestören ertappen und verraten könnten. Schon mahnt mich jedes Geräusch zu erhöhter Wachsamkeit. An den Schritten des Nachtwächters kann ich erkennen, daß er bereits seine Ablösung herbeisehnt. Er wird nicht mehr lange warten müssen.

Die Erzieher lösen den Nachtwächter ab, die Lehrer lösen die Erzieher ab, die Erzieher lösen die Lehrer ab, der Nachtwächter löst die Erzieher ab. Nur uns, den Zöglingen, winkt keine Ablösung.

Es ist schwer, rund um die Uhr nicht aus der Rolle fallen zu dürfen, besonders, wenn sie einem alles andere als auf den Leib geschrieben ist. Aber was bleibt uns anderes übrig? Wir haben das Wenn-du-dann-Prinzip zu berücksichtigen.

Vielleicht ist das die wichtigste Lehre, die ich aus Ostdorf mitnehmen soll: Wenn dir etwas zu tun widerstrebt, aber die Machtverhältnisse sprechen gegen dich, tu es aus freien Stücken, sonst mußt du es tun! Alles andere macht bestenfalls den morgendlichen Blick in den Spiegel erträglicher.

Es gibt keine Narrenfreiheit, nirgends, nicht einmal in der Nervenklinik. Sonst wäre ich jetzt nicht hier. Nur wer sich einbildet, nichts mehr zu verlieren zu haben, kann auf den Wahnsinnsgedanken kommen, noch einmal nach Herzenslust die Hebel in Bewegung zu setzen.

Ich hatte viel Freude an der Reaktion der zukünftigen Akademiker auf meine täglich perfekteren Darstellungen. Die eigentliche Komik der Situation erschloß sich freilich nur mir, dem Beobachtungsobjekt, das in Wirklichkeit der Beobachter war. Objekte, die sich für Subjekte halten, haben immer etwas Lächerliches und gleichzeitig Bedauernswertes an sich.

Sehr lange fand ich es allerdings nicht befriedigend, ausgerechnet die Studenten, die mir schließlich nichts getan hatten, an der Nase herumzuführen. Da gab es andere, weit besser geeignete Ziele für meinen Spott, beispielsweise den Pädagogen Brückner, der meine inzwischen fast abgeschlossene Umerziehung im Spezialkinderheim Ostdorf eingefädelt hatte. Es war mir ein Herzensbedürfnis, unserem Schulmeister eine Lektion zu erteilen, von der er sich nicht so schnell wieder erholen würde.

Lange hatte ich keinen brauchbaren Einfall, bis Gregor mir die Geschichte von dem verschwundenen Okular erzählte. In meiner Naivität wollte ich ihm zunächst gar keinen Glauben schenken. Aber tatsächlich hatte sich alles seinen Ausführungen entsprechend zugetragen. Diese recht delikate Episode brachte mich auf eine bitterböse Idee.

Man war im Labor wochenlang vergeblich auf der Suche nach einem Mikroskopokular gewesen, das sich in Luft aufgelöst zu haben schien.

Lange Zeit später erst, als man sich bereits mit dem Verlust abgefunden und Ersatz herbeigeschafft hatte, tauchte es wieder auf oder besser: kam es zum Vorschein. Im selben Verwahrungsort fanden sich noch andere

Kleinigkeiten, wie ein Radiergummi, ein Gasfeuerzeug und ein Tablettenröhrchen, nach denen selbstverständlich nicht so ausführlich gesucht worden war. Als das Versteck offenkundig wurde, wunderte sich niemand mehr darüber, daß alle Suchaktionen erfolglos geblieben waren, denn die verschwundenen Gegenstände hatten beinahe so sicher geruht wie in Abrahams Schoß.

Aber eben nur beinahe, denn nicht in Abrahams Schoß fand der Frauenarzt das Okular, sondern im Schoße eines dreizehnjährigen Mädchens namens Ulrike.

Sie hatte, da es ihr an anderen Möglichkeiten mangelte, die zweifelhafte Angewohnheit, sich alles, was eher lang als breit und nicht all zu dick oder dünn war, eigenhändig einzuverleiben. Aus diesem Grund bemühte man sich darum, ihr sämtliche, auch nur annähernd in Frage kommenden Gegenstände vorzuenthalten. Trotzdem mußte sie regelmäßig dem Frauenarzt vorgestellt werden wegen eines Eingriffes, den Gregor etwas drastisch „ausräumen" nannte.

Wenn es auch mit Sicherheit nicht mein originellster Einfall war, dieser Ulrike von Zeit zu Zeit einige sehr persönliche Gegenstände meines Lehrers Brückner unter das Kopfkissen zu zaubern, so führte er doch zu erheblichen Verwicklungen.

Eine Pfeife, die man noch dazu zum Hochzeitstag geschenkt bekommen hat, gibt man einfach nicht aus der Hand, sonst kann man sie unter Umständen kaum mehr gebrauchen. Auch auf sein Brillenfutteral hätte Brückner besser aufpassen müssen.

Dank Ulrikes Unersättlichkeit und des Frauenarztes gewissenhafter Arbeit gelang es mir, Brückner in Teufels Küche zu bringen, was ihn einige Liter Schweiß, aber nicht seinen Posten kostete.

Er mußte jenen Grad an Unentbehrlichkeit erreicht haben, bei dem es effektiver erscheint, über gewisse Unartigkeiten hinwegzusehen.

So was kann einen rechtschaffenen Zögling schon ärgern. Bei unsereinem würde niemand auch nur ein Auge zudrücken, schon gar nicht alle beide. Auf Schritt und Tritt werden wir daran gemahnt, daß wir uns in einem sehr engen Schubfach befinden.

Wir tun, was wir nicht tun wollen, und lassen, was wir nicht lassen möchten, im Hinblick auf die Folgen unserer Handlungen. Lächerlich, aber wenn ich´s mir recht überlege, machen es meine Skinner-Box-Karnickel auch nicht anders.

Vielleicht war es nicht nur das Hinken des Nachtwächters, das ich gehört habe. Vielleicht spielten sich jene Schritte in meinem Gehirn ab, und was sich da näherte, war dieser Vergleich. Verrückt, aber es ist dasselbe Prinzip, welches in der Skinner-Box und im Spezialkinderheim Ostdorf zur Wirkung kommt. Es ist das Wenn-du-dann-Prinzip.

Da muß man erst mal draufkommen. Das ist ein derartiger Brocken von einem Gedanken, daß er einem in den Hirnwindungen steckenzubleiben droht. Das Spezialkinderheim – eine Skinner-Box.

Das Erschreckendste an dieser Idee ist, daß sie so einleuchtend erscheint. Meine schwachsinnigen Kameraden und ich sitzen in einer Skinner-Box, und die Erwachsenen, die Lehrer und Erzieher machen mit uns das, was ich mit den Karnickeln mache. Sie betreiben die Box und verbuchen jede unserer widernatürlichsten Handlungen als einen Erfolg ihrer Umerziehungsarbeit.

Somit ist es eigentlich scheißegal, ob mir Frau Mondler mit ihrem Busen, Frau Zesch mit ihrer Pranke, Herr Storch mit seinem Enttäuschtheitsgesicht, Herr Dumpke mit seinen Vorträgen, Herr Bayer mit seiner Entschuldigung, Frau Momper mit ihrer mehr als zwanzigjährigen Erfahrung, Frau Frey mit ihrer Oberflächengestalt, Fräulein Breitmeier mit ihren Taschenkontrollen, der Schulleiter mit seiner Wettbewerbstafel oder der Heimleiter mit seinen auserlesenen Beschimpfungen kommt. Es ist egal wegen eines entscheidenden Punktes: Sie sitzen nicht mit in meiner Box.

Der da oben wird jetzt immer unruhiger. Verlaß dich darauf, alter Mann, sie werden pünktlich kommen, die ersten beiden Erzieher, deine Ablösung. Alle werden sie zur festgelegten Stunde kommen, die Erzieher, die Lehrer und auch du wieder. Sie erscheinen pünktlich, sie verschwinden pünktlich, und zwischendurch erziehen sie um.

Ich wüßte zu gern, ob sie sich wirklich einbilden, mit dem, was sie uns tagtäglich abverlangen, bleibende Erfolge zu erzielen. Aber so dumm können sie eigentlich gar nicht sein.

Was also kann Menschen dazu bewegen, tagein, tagaus eine Arbeit mit höchst zweifelhaften Resultaten zu tun? Vielleicht ist die Quelle ihrer Energievergeudung die Vorstellung, daß sie zwar wenig bewirken, aber dieser und jene noch weniger ausrichtet.

Vielleicht geht es ihnen schlicht und einfach um die Erfüllung der ihnen auferlegten Pflicht, und über Pflichten diskutiert man nicht, das bringt nichts ein.

Ja, vielleicht, mir ist da soeben ein ernüchternder Gedanke gekommen, könnte man auf die Befindlichkeit meiner Lehrer und Erzieher ebenfalls den Skinner-Box-Vergleich anwenden. In diesem Fall hätten die anzugtragenden Herren, die dann und wann ihren Autos entsteigen, um zu kontrollieren, zu informieren, zu prämieren, nichts anderes zu tun, als jene Skinner-Box zu betreiben.

Die Vorstellung, daß sich die Damen und Herren Umerzieher auch dem Wenn-du-dann-Prinzip unterwerfen müssen, könnte mich belustigen, aber sie tut es nicht, denn davon wird meine Box auch nicht größer. Eben hat der Nachtwächter das Fenster geöffnet. Jetzt wird er herausschauen und die Straße beobachten. Gut so, laß mich die letzten Minuten noch ungestört nutzen!

Ich werde diesen Skinner-Box-Gedanken nicht los. Davon ausgehend, daß die Herren in den grauen Anzügen weder blind noch dumm sind, frage ich mich, wie sie dazu kommen, dem Arbeitskollektiv des Spezialkinderheimes Ostdorf Halbjahr für Halbjahr ihren Segen zu erteilen. Ich stelle mir diese ernsthafte Frage, und in mir flüstert es Skinner-Box, Skinner-Box!

Was wäre, wenn sich die Anzugherren ebenfalls in einer Skinner-Box befänden? Dann hätten wir schon vier von der Sorte: eine für Herrn Dumpkes Karnickel, eine für mich und meine Kameraden, eine für unsere Lehrer und Erzieher, eine für die Anzugherren.

Und die Zeit rennt. Noch knappe zehn Minuten bleiben mir, um das Vorhaben zum Abschluß zu bringen. Anstatt ich schreibe, daß der Bleistift raucht, lasse ich mich von einem Vergleich aus dem Konzept bringen, der zu abwegig erscheint, um zutreffen zu können, und gleichzeitig zu faszinierend ist, um ihn nicht weiter auszuspinnen.

Gregor würde jetzt sagen: Spuck aus, was du nicht verdauen kannst!

Also gut, ich war ja immer richtig beraten, wenn ich auf dich gehört habe.

Ich komme nicht von der Vorstellung los, daß sich möglicherweise jeder Mensch in einer Skinner-Box befindet, jeder, und jeder in seiner, und daß sich die Boxen lediglich in der Größe unterscheiden, nicht aber im

Funktionsprinzip. Und jeder ist einerseits Insasse sowie andererseits Betreiber.

Wenn aber ein jeder gleichzeitig Insasse der einen und Betreiber der nächstkleineren Skinner-Box ist, können die Boxen weder nebeneinander noch aufeinander stehen. Dann müssen sie sich ineinander befinden. Die Karnickel stecken in ihrer Box, ich stecke in meiner Box, die Anzugherren wiederum in der ihren und so weiter. Und Box steckt in Box.

Wir versuchen die Hebel, die Folgen sind einprägsam, wir betätigen die Hebel im Hinblick auf die Folgen. Gleichzeitig achten wir darauf, daß in der uns unterstellten Box alles seinen Gang geht.

Wer absichtlich oder versehentlich einen der Hebel mit negativen Folgeerscheinungen ein zweites Mal betätigt, spielt bereits mit seinem Wohlbefinden. Zeigt jemand jedoch besonderes Geschick in der Hebelbetätigung, kann das sogar seine Entlassung aus der Box bewirken, womit er zwar nicht in die Freiheit aber in die nächstgrößere Box gelangt und so weiter.

Alle müssen demnach letztendlich in einer sämtliche anderen Boxen umschließenden Box stecken, ich, du, Anna, Katharina, Lenz, Brückner, Onkel Günther, Bernd, die Brücknerzwillinge, meine Lehrer und Erzieher, einfach alle.

Was hältst du davon, mein Freund?

Es ist Zeit.

Wie hat doch Herr Storch gestern abend gesagt, als er höchstpersönlich erschien, um sich über die Vorbereitung meiner Dienstreise zu informieren: „Du bist unser Botschafter, Jakob, unser Aushängeschild. An dir wird unser gesamtes Kinderheim gemessen werden, vergiß das niemals!“

Wie könnte ich je?

Und unter weihevollem Gehabe brachte er ein sich spreizendes Klemmäppchen zum Vorschein, das er mit einem Blick bedachte, wie ihn kosender das schrumpeligste Neugeborene nicht erhalten könnte.

Dies sei das „Buch der Siege“ des Spezialkinderheimes Ostdorf, in mühevoller Kleinarbeit von ihm zusammengetragen, ein beredtes Zeugnis unser aller Taten. Und dann erzählte er mir, daß man dort, wo ich hinfahren werde, eine große Truhe aufgestellt habe, die sich „Schrein der Erfolge“ nenne. Jeder der Delegierten nun solle genau wie ich ein „Buch der Siege“ mitbringen, um es in diesem Schrein sicher zu deponieren, bis dieser in nicht allzu ferner Zukunft aus gegebenem Anlaß geöffnet werden würde.

Welch ein Einfall! Ich überdachte all die Seltsamkeiten, die ich in meinen reichlich siebzehn Jahren hatte erleben dürfen, und nahm ihm deshalb ohne sonderliches Zögern sowohl die Schreingeschichte als auch das Klemmäppchen ab.

Als Frau Zesch, nachdem Herr Storch gegangen war, uns vor den Fernseher setzte, ließ sie sich zuvor von mir das „Buch der Siege“ aushändigen, um ein wenig darin zu blättern. Sie hat uns die ganze Sendung verdorben mit ihrem Gewieher und meinte, als sie es mir zurück gab, daß es tatsächlich sehr zum Schrein sei. Auch ihr glaubte ich unbesehen, nahm das Mäppchen und verstaute es in der nagelneuen Reisetasche.

Und wie mich der Reißverschluß so angrinst, kommt er, der Einfall, der mich diese ganze Nacht hat durcharbeiten lassen:

So will ich denn also zur Tat schreiten, will diesen Einfall zu Ende bringen und meine neun Hefte, mein ganz persönliches „Buch der Siege“ anstelle des anderen im Marschgepäck verstaun.

Ich werde meine Hefte mitnehmen zum „Treffen der Besten“, zum „Schrein der Erfolge“ zur Kenntnis der Nachwelt. Vielleicht wird es ja in späteren Tagen tatsächlich Leute geben, die sich dafür interessieren, womit wir unser Papier glaubten füllen zu müssen.

Noch manches hätte ich gern erzählt.

Aber ich muß vorsichtig sein.

Holger Böwing:

Jakob Leising

Herausgegeben von Wolfgang Gabler.

1. Auflage, 2009
Edition M, Weimar & Rostock
www.edition-em.de
Druck: Altstadt Druck GmbH, Rostock (Meckl.)

ISBN 978-3-933713-33-9